憨罗王

猪 往 前 拱

周林生 著

作家出版社

图书在版编目（CIP）数据

憨罗王. 1：猪往前拱/周林生著. －北京：作家出版社，
2016. 8
ISBN 978 - 7 - 5063 - 8712 - 5

Ⅰ. ①憨… Ⅱ. ①周… Ⅲ. ①长篇小说 - 中国 - 当代
Ⅳ. ①I247.5

中国版本图书馆 CIP 数据核字（2016）第 021948 号

憨 罗 王. 1：猪往前拱

作　　者：周林生
责任编辑：窦海军
装帧设计：端木虹
插　　图：端木虹
出版发行：作家出版社
社　　址：北京农展馆南里 10 号　　邮编：100125
电话传真：86 - 10 - 65930756（出版发行部）
　　　　　86 - 10 - 65004079（总编室）
　　　　　86 - 10 - 65015116（邮购部）
E - mail：zuojia@ zuojia. net. cn
http：//www. haozuojia. com（作家在线）
印　　刷：中煤（北京）印务有限公司
成品尺寸：150 ×200
字　　数：90 千
印　　张：5.75
版　　次：2016 年 8 月第 1 版
印　　次：2016 年 8 月第 1 次印刷
ISBN 978 - 7 - 5063 - 8712 - 5
定　　价：30.00 元

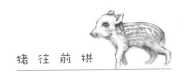

猪往前拱

目　　录

序曲 蛮荒山野

这是一片蛮荒山野。

群山苍茫，绵延不断。稀疏的村舍散落在大山的皱纹里。

入夜，便有野兽从山上下来，在村子周围转悠。它们在地里找吃的，在村边探头探脑，有时还悄悄溜进院子里来。于是，夜深人静时，蒙蒙星辉下，便能看见许多鬼鬼祟祟的黑影和飘浮游移的光斑……直到公鸡啼鸣，它们才悄然离去。

那是一帮肆无忌惮的无赖。它们到处游逛，到处窥探，到处留气味；不仅祸害庄稼，弄坏篱笆墙，叼走家禽，还诱拐"良家妇女"。弄得母猪母狗们莫名其妙地失踪，过些日子大着肚子回来，生下一窝野种。

一　小猪憨罗

它是一只小猪，名字叫憨罗。

在许多满地乱跑的小猪里，我们一眼就能认出它来：脸长长的，嘴巴尖尖的，有两颗小獠牙，背上还长着条形花纹。

它是它妈生的，可长得跟它妈不一样，跟身边的兄弟姐妹也不一样。为什么呢？

这，得问它妈。

如果你不喜欢它，肯定能挑出一大堆毛病来：招风耳、罗圈腿、破锣嗓子，喜欢惹是生非，尾巴抡得也不那么优雅……总之，和那些又白又胖的兄弟相比，它实在是太不起眼了。（不过平心而论，它那双水汪汪的眼睛倒是顶机灵的！）

还有，它光吃食不长个儿——都快半岁了，还是只袖珍小猪——对猪来说，这是很没面子的事儿。

它才不拿这些事儿当作事儿哩！

天蒙蒙亮了，也许已经大亮，也许太阳都老高了——管它呢，反正都一样。兄弟们都起来了，开始清理肠胃和活动筋骨。憨罗睁了睁眼，眼皮实在沉重，怎么撑也撑不起来，便又在窝里赖了很久。直到远处飘来"啰啰啰啰"的呼唤，直到盆瓢相碰和敲打食槽的声音撞击耳鼓。

猛然间，所有的细胞几乎同时苏醒。它"噌"地跳起来，连懒腰都顾不上伸，便跌跌撞撞挤进了兄弟们的肉堆里。

它的兄弟个个肚大腰圆，比它能吃能拉能长肥膘。因此，没等它够着食槽便被扔了出来。它一次又一次向肉球堆里发起猛冲，终因身单力小而始终被排斥在外。无奈，它只好坐在地上扯着嗓门儿哇哇大哭，哭得满脸涕泪横飞。

猪妈妈回头看见了，一把拽过它来，照着那些蛮横的大块头又吼又咬，这才腾出一个空缺让它挤了进去。

这一咬还真奏效，兄弟们陆续退避开去呆立一旁，好像大家都说："吃吧，小兄弟，都是你的了！"

憨罗爬上食槽，才发现原来是空欢喜一场。里边已经打扫得干干净净空空如洗，连槽帮上粘着的菜叶子也被吃光舔净了。

兄弟们哄然大笑了一阵，然后站在一边静静地瞅着它。它倒有些不好意思了，便从食槽上跳下来，自个儿抢着小尾巴，装出若无

其事的样子，这儿闻闻那儿拱拱，朝着门口拱去。

"瞧！瞧它那样儿，嘿嘿嘿嘿……"所有的猪都在背后哂笑它。

"哈哈，它压根儿就不是一只家猪！"

有个小家伙，学着它的粗嗓门儿，模仿它走路的样子，乱扭屁股，极尽夸张之能事，又一次逗得大伙儿哈哈大笑。

猪妈妈在一旁望着，心里很不好受。

"光会哭可不行啊，儿子！我要不在了，你怎么活呀！"

从小，猪妈妈对这小儿子特别疼爱，处处帮它护它。随着年龄的增长，它故意疏远了它——动物妈妈都如此，这是为了鼓励孩子们自力更生。

憨罗出了大门，一路嗅着拱着，朝村外走去。

村口有棵大树，那是一棵遮盖了半个村寨的大榕树，浑身皱皱巴巴，跟老精怪似的。它的根好像卧在水里的牛脊，在地面上时隐时现放射开去，铺开好大一片。村里的老人和孩子、男人和女人，有事没事都喜欢在树根上坐着。天长日久，暴露在地上的根须被磨得油光锃亮了。如果运气好的话，你能在树根的缝隙里捡到些吃的，比如馒头渣、苞谷粒、烤白薯皮、瘪葵瓜子什么的。

这会儿，村里人正在演面具戏——一种从古代流传下来的避邪驱鬼的巫术仪式——吸引了许多人前来观看。

伴着锣声鼓点，十几个人围成一圈，有踩高跷的，有骑木马的（跨在一根木棍上）。他们穿着戏装，戴着面具，边歌边舞，边舞

　　"哈哈，它压根儿就不是一只家猪！"有个小家伙，学着它的粗嗓门儿，模仿它走路的样子，乱扭屁股，极尽夸张之能事，又一次逗得大伙儿哈哈大笑。

边说，能演很长时间。有时，还有人戴着青面獠牙的面具，在场地中间跳来跳去，口里喷烟吐火，发出骇人的怪啸。

憨罗站在旁边呆看，心里一阵阵紧张：眼前烟雾缭绕，好像有许多披头散发的小鬼，正被追杀得跌跌撞撞无处躲藏……

桌子底下有个箩筐，筐里有几枚面具。憨罗叼出一枚来戴在头上，趁人没注意时悄悄溜走了。

清风徐徐，日影摇曳，芦花母鸡正趴在窝里认真下蛋。

忽然，一个青面獠牙的怪物贴着地面飘来飘去，发出奇怪的声音。

芦花鸡伸直脖子，瞪大眼睛，紧张得喘不过气来，随时准备应付不测……冷不防，那怪物对准它猛冲过来，待快要撞上时又急速转弯，拐到别的地方去了。它什么也没干，芦花鸡却被吓得蹿起来老高，"咯咯咯咯……嘎！咯咯咯咯……嘎"地叫个不停。

女主人听到叫声，满心欢喜地走了出来，顺手往食盆里倒了些剩饭，正待弯腰捡蛋，却发现鸡窝里什么也没有。她抓起鸡来，将手指头探入它的屁股眼里，发现鸡蛋还在里边，便顺手给了它一下："叫什么叫？还没下蛋就想吃食？老实趴那儿！"

女主人走了，芦花鸡趴在窝里不敢动弹。

这下可乐坏了憨罗，它扔下面具，用最快的速度把食盆洗劫一空。

肚里装了点东西，好心情随之而来，它找好朋友四眼狗去了。

二 四眼狗

四眼狗比憨罗大一个月，因为眼睛上方有两块黑斑，看起来像四只眼睛，大家都叫它四眼狗。

据说，它妈很浪漫，曾经跟着狼群在深山里逛了些日子，回来后生下了它。前些日子，它妈又跑了，跟着外村一条大黑狗跑了，四眼狗便成了它爹的出气筒，常常被咬得遍体鳞伤。

憨罗来到狗窝附近，听见窝里传出来拳打脚踢和高声斥骂的声音，还穿插着小狗哀哀求饶的声音，它爹正在"修理"它呢！

憨罗很想进去替四眼狗解围，但心中实在害怕，它现在还对付不了大狗。

"滚！滚回大山里去！"随着吼声，从狗窝里飞出一团东西，伴随着"汪汪"的惨叫，落在憨罗跟前。

四眼狗从地上爬起来，拍了拍身上的土，狠狠地啐了一口：

"呸！想撵我走？没门儿！"

忽然它抬头看见了憨罗，伤痕累累的脸上顿时露出了笑容："嘿！是你！"

憨罗胆怯地舔了舔它渗血的伤口："你爸又打你啦？"

四眼狗一边舔伤口，一边愤愤地说："哼！老东西！自己没能耐，拿别人撒气！"

"你管你爸叫'老东西'？"

"这是客气的！等我长大了，哼！"

"你妈还没回来？好多天了呢！"

"回来？哼，它才不回来呢！它不要我们了！"

憨罗想说两句安慰的话。可是，说什么都多余，四眼狗不需要安慰。

它俩相跟着朝村外走去。

憨罗把特意留下的半拉饼子塞给了它。四眼狗特高兴，一边吃，一边说："昨天晚上从大山里下来好多蒙面大狼，叼走了村边那家人的鸡，你知道吗？"四眼狗不拿它当外人，什么都跟它说。

憨罗只顾在地上乱拱，并不搭茬儿——它拱地的时候十分专心。

"你没看见它们有多厉害呢！逮着大公鸡，'喀嚓'一声，脖子就断了……"

四眼狗从地上爬起来，抬头看见了憨罗，伤痕
累累的脸上顿时露出了笑容："嘿！是你！"

"其实，苞米比黄豆要好吃得多，我喜欢嫩苞米！"憨罗跟人聊天，有时答非所问，显得有点不尊重人。但是它认为这叫坦诚，心里想什么就说什么。

"你说话老是'哼哼哼'的，难听死了！"

四眼狗故意模仿它说话的样子，夸张得很难看。

显然，它不高兴了。你想，它发布了那么重要的"新闻"，憨罗根本就没听进去，既不惊讶，也不刨根问底，它能高兴吗？

憨罗看着四眼狗气呼呼的样子，满脸茫然……

过了一会儿，四眼狗又忍不住了。

"河边死了那么大一只野兔，母的，你没听说？"

"那些人在挨家挨户捉鬼，你见过鬼吗？"

憨罗忽然想起了大树下的驱鬼仪式，它迫不及待地想找谁问个明白……四眼狗真是给气蒙了。

"瞧你那罗圈腿，真难看……难看死了！"

"我有什么办法？那也不是我的错！"

憨罗也生气了。它俩不再说话，一前一后沉闷地走着。

村边刚刚收割完毕的玉米地里，露水还没有干，蚂蚱被它们扰得满地乱蹦。

阳光涂满山脊，枫树叶子如金色火苗，明晃晃地从林中蹿腾出来。背阴的地方蓝幽幽的，浮着轻纱似的雾幔。

　　"苏醒吧！苏醒吧！新的一天开始啦！"小鸟快活地掠过田野，用清脆的歌声呼唤万物。花呀草呀吸饱了露水，格外显得容光焕发……

　　四眼狗和憨罗恢复了愉快的心情，在空闲了的庄稼地里追逐扑打，疯玩疯闹。

　　别看憨罗个头小，却浑身都是腱子肉，劲头可大哩！闹了一会儿，四眼狗喘得不行，憨罗跟没事儿似的，照样能蹿能扑。

　　四眼狗学着猛虎扑食的样子，用尽力气，往起一蹦，照着憨罗直扑过来。不料憨罗就地一滚，闪到一旁，四眼狗摔了个"狗啃屎"，啃得满嘴泥土。

　　憨罗乐坏了，它笑得都快站不住了，在地上直转圈圈。

　　"回家啰！"四眼狗觉得很没面子，转身就往家里走。

　　"哎！哎！干吗走呀？咱们还没到土岗上玩呢！"

　　"你自己去玩吧！"说话间，四眼狗已经走远了。

三 芦苇荡里的秘密

一天，憨罗对四眼狗说："我告诉你一个秘密。"

"什么秘密？"

"可是，你不许告诉别人。你保证！"

"我保证不告诉别人！"

"跟你爸也不许说！"

"我才不跟它说呢！"

"走，我带你去认识几位新朋友。"

"你有新朋友？"

"天鹅妈妈，它们正在孵蛋。"

"哇噻！你认识天鹅妈妈？那么漂亮，那么高贵，它们可不好接近了！"四眼狗眼睛里闪烁着激动的光芒。

"天鹅妈妈到过很多地方。它们说，外面的世界可大哩！有森

林、草原和海洋。它们还说，有的地方栽满了方盒子，很多人住在里边，那叫城市，可好玩哩！"

它俩一边说话一边朝山脚走去，穿过庄稼地，拐过山包，来到一处芦苇荡。

这里是一座水库。小河入口的地方是浅滩，沿岸长着一丛丛芦苇。有的地方已经连成一片，稍有风吹，苇叶便一齐"沙沙"作响，十分壮观；水面也会波惊浪涌，显得特别开阔。

这里是水鸟的天堂，也是水鸟捕猎者的乐园。

憨罗认识这里的天鹅，几只天鹅正藏在芦苇里孵蛋，它常来看望它们。

今天，它带着好朋友四眼狗一起来了。

没想到，小狗的出现让天鹅们大为恼火。它们拱起脖子，随时准备拼命，并且扯着嗓子大喊："谁？这是谁？"

"怎么把它带来了？它是猎狗！"

"不，不！它是我的好朋友！"憨罗赶紧解释，"它没有危险！"

"那也不行！它是猎狗，不许靠近我们！"

"好，好，我们这就走。您别生气，对不起！"

"这孩子，全然不知道世间的险恶！幸亏那是只小狗。"

它俩怏怏地离开了。

"哇！它们肚子下边还有蛋呢！"四眼狗不断回头张望。

"是呀，我跟你说过它们正在孵蛋。"

"那么大的天鹅蛋，一个能吃好几天，里边的蛋黄很好吃呢！"

"什么？"憨罗突然站住了，脸涨得通红，"你说什么？它们是我的朋友，你可不能干缺德事！"

"我没……我没说要干，我只是说说。"

"说也不行，你连想都不要想！"

"当然啰，我怎么能害你的朋友呢？"

四 再也见不到妈妈了

回家的时候，憨罗在大门口撞上了妈妈。

妈妈和哥哥姐姐们从院子里走出来。主人戴着破草帽，背着竹篓，手里握一根削得光溜溜的树枝，吆喝着它们朝大路上走去。

"要去哪里？"憨罗跟在妈妈屁股后边，急切地问，"他带你们去哪里？"

"我也不知道。"妈妈回头看了憨罗一眼，"你上哪儿去了？一天到晚疯玩，也不长点肉。唉！"

显然，它为儿子的不长进十分忧虑。

"回去，听见没？回去！"主人大声呵斥。同时，那光溜溜的树枝举得高高的，朝憨罗屁股上打来。

它绕了一个圈，又跟了上来。

"喂！喂！"这是在喊他屋里的女人，"把小东西抱回去！"

屋里立即响起了又尖又细的女高音："回——来！挨刀的，回——来！啰啰啰啰……"

女主人骂它"挨刀的"，其实没有具体含义。骂猫娃狗娃，甚至骂自己的孩子，都可能是这样的。在城里人看来，这咒骂太狠毒。对农村人来说，那恰恰是一种昵称，就像孩他妈管孩他爹叫"死鬼"一样。

女主人一边唤它一边扔出些吃的。无论她如何诱捕，憨罗总有办法躲避。三躲两躲，女主人没了耐性，只好由它去了。

憨罗头一回跟着妈妈出远门，好高兴啊！一路上欢蹦乱跳，不知疲倦地走啊走，走了很远很远，走得脚都起血泡了，它们才到达了目的地。

这里全是高高的大房子，停着许多卡车、马车和拖拉机。到处是人，到处是猪、羊和牛。

"这是城市吗？这么热闹，多好玩啊！"

憨罗跟谁都打招呼，跟谁都想说说话儿。

忽然妈妈低声对它说："离开这儿，到大山里去！孩子，你不该来到这里！"

"不！我要跟你到城里玩儿！"

"到大山里去！听见没有？去找你爸！你爸爸是一只无所畏惧的野猪！"

憨罗还小，听不懂妈妈的话。它固执地贴在妈妈身边。

有些猪、牛、羊站在卡车上，愣愣地张望，跟那些戴着墨镜，坐着大巴，到村里来旅游观光的城里人似的，显得顶神气的。

妈妈和哥哥姐姐被赶上磅秤，称了分量，然后被扔上了卡车。憨罗特羡慕，多想被扔上去啊！如是，它自己趴在磅秤上，等着那些人来扔。

没想到，它被一巴掌掴出去老远，人家不理睬它。

眼看着妈妈和兄弟们都在车上，它却上不去，急得在地上团团转。

"憨罗，去找你爸……"卡车开远了，妈妈还在声嘶力竭地喊着……

后来，它被主人用绳子拴着，硬拉回了家。

妈妈和兄弟们坐着卡车，不知道到什么地方去了，只留下它自己。院子里一下显得冷冷清清，空空荡荡了。

好郁闷好孤独好凄凉啊！

每当心中不乐，它就到村边的牛圈里来。这里是它特别喜欢的地方。

它和牛爷爷——也许该叫牛太爷爷，因为它确实是一头很老很老的牛——感情非常好。

它常常躺在老牛身边，替它蹭痒痒，听它说些有趣的故事。牛

爷爷还经常从饲料里挑出些豆荚或青菜叶子什么的给它留着。

"下午好,牛爷爷!"

听到那熟悉的脆亮的声音,老牛特别高兴。它回过头来"哞"了一声,示意憨罗躺下。

"今天我可没有什么好吃的招待你,孩子。"

"我不吃,我还不饿哩。"其实,憨罗肚子里早就咕噜咕噜叫开了。

"躺下吧,孩子。"老牛挪了挪身子,让出一块铺有干草的地方,"我们当牛的,就是不能老。一老了,主人就舍不得给精饲料了。"

"您不老,牛爷爷,您的眼睛总是水汪汪的。"

"那是让风吹的,迎风流泪。傻孩子,老不老要看牙口。"

"妈妈走了。"憨罗嘟哝了一句。

"什么?"

"我妈妈走了。"

憨罗终于憋不住了,它来的目的就是想跟老牛爷爷说这件事。

"走了?到哪里去了?"

"主人把我们带到一个很远的地方。那里有很多人,还有很多猪、牛、羊。妈妈和哥哥姐姐都坐大卡车走了。"

"哦……你妈妈恐怕回不来了,孩子,主人把它卖到城里去了。

每当心中不乐，它就到村边的牛圈里来。
它和牛爷爷感情非常好。

我去过那地方，那是集，是人和人做买卖的地方。"

"是这样吗？牛爷爷，我妈妈不回来了？我再也见不到妈妈了？"憨罗呜呜地哭了起来。

"不要哭，孩子。你这样哭，叫我心里也不好受。我们都会被卖掉的，那是迟早的事，孩子。"

"我妈妈说，我妈妈说，叫我离开这里，到大山里去。"

"你妈妈说得对，这里的猪长大了都会被杀。大山里生活着许多野猪，自由自在，不受人类管束，你属于野猪家族。"

"我……是野猪？"

"可以这么说吧。我见过从山里来的野猪，你很像它们。"

"可是，可是，我妈是家猪呀！"憨罗很不服气。

"你妈是家猪，没错。没准你爸爸是一只野猪。"

怎么可能呢？根本不可能！我是在猪圈里出生的呀！

憨罗的心情糟糕透顶。妈妈被卖到城里去了，再也回不来了，现在又听说自己是一头野猪。

好孤独、好失落、好伤心呀……

这天下午，它顺着大路朝村外走去，不一会儿就到了一座小土岗上。

它久久地眺望着远在天边的那座雪山。

大山里边是什么样子呢？野猪，是什么样子呢？

　　老牛爷爷说过，雪山是一条卧在白云仙乡里的雪龙，大伙儿管它叫吼龙。因为它动不动就发脾气。它一发脾气，就大哭大闹，大吼大叫。那嗓门儿可大哩，能吼得大地发颤，吼得山上的石头乱滚。它发脾气的时候，还会生出满天黑云黑雾来，自己变得银光闪闪，在乌云里钻来钻去，播撒下瓢泼大雨……

　　"我要是吼龙多好啊！"憨罗想，"我也想哭！我也想大吼！"

五 向往大山

天黑以后，憨罗和四眼狗来到村边的土岗上。

月亮在云朵里穿行，田野被云影笼罩着，一会儿明，一会儿暗。大山黑魆魆的，好像突然从远处拥到了眼前。

"你到过大山里吗？"憨罗问四眼狗。

"没有。我妈倒是去过。"

"你爸干吗叫你滚回大山里去？"

"你不懂……总有一天，那些家猪也会叫你滚回大山里去。"

"我知道。我妈说过，我爸是一只野猪，我肯定也是野猪……你说，主人会杀咱们吗？"

"咱们？狗是人类的朋友……猪可没准儿。"

"我妈说，大山里没人管你，大山里到处是甜果，大山里到处是野花……"

"大山里到处是张着血盆大口的绿毛树怪！嗷！"四眼狗故意吓唬它。

"去去，别吓唬人，我一点都不害怕……哎，你跟大山说说话吧！"

每天晚上，它俩到土岗上来，就是为了跟大山说话。四眼狗对着大山"汪汪"大叫，大山也用"汪汪"的声音回答它。它说什么，大山就说什么。它怎么叫，大山就怎么叫，好玩极了。

四眼狗很得意，这是它最拿手的绝活儿。凭着这绝活儿，它很有些优越感。其实它自己早就按捺不住了，但每次总得拿着点架子，让憨罗再三求它。

"求求你啦！叫几声吧！"

"我还没来灵感呢，你自己叫吧。"

"我叫不好……求求你啦！谁不知道你嗓子好呀！"

"嘿嘿……我来试试？"

四眼狗站在一块石头上，清了清嗓子，对着大山"汪汪"叫了两声。

在干净得一尘不染的空气中，在清冷的月光下，声音极富穿透力。很快，大山便回了两声"汪汪"，像金属相撞，清脆而响亮。

四眼狗连着叫了几声，大山紧跟着回了几声。

突然，四眼狗对着月亮，仰起脖子，改变了腔调，从胸腔里发

出一连串"呜呜"的长嚎。

这号叫尖厉而悲怆，稚嫩而苍凉，令四眼狗自己都吓了一跳。它停顿片刻，想弄清楚这声音是从哪儿来的……紧接着，它抑制不住，冲着月亮，"呜呜"的长嚎喷涌而出，一声接着一声……

憨罗忍不住了，好像嗓子眼儿痒痒，发出了"呜哇呜哇"的大叫，也得到了大山积极的回应，这令它兴奋不已。

正当它俩玩得高兴的时候，村里的窗户一个个亮起了灯，许多黑影从门里蹿出来，迅速聚集到村边……

"乓！"一声枪响，子弹呼啸着飞过去，在不远处溅起细碎的泥土。

人们敲着响器，高声呐喊，从村里追了出来。

憨罗和四眼狗被吓得半死，拔腿就跑，落荒而逃……

跑了很远很远，身后什么动静也没有了，它俩这才收住脚，站在那里喘息了半天。

月光如水，柳树如烟，山峦像一团团梦，四周静得只听见自己的心跳。夜风很凉，它俩出了一身大汗。

当它们回村的时候，天已大亮。所有的动物都没有睡，都站在村口议论："嗨！昨晚从大山里下来了蒙面大狼，好多好多狼哩！"

它俩觉得很好笑，没有参与议论，回家里睡觉去了。

　　山峦像一团团沉睡的梦。四眼狗对着月亮，仰起脖子，从胸腔里发出一连串"呜呜"的长嚎。这号叫尖厉而悲怆，稚嫩而苍凉……

六 未成年爸爸

憨罗和四眼狗决定离开村子，到大山里去找它们的爸爸。临走前，憨罗来到芦苇荡里向天鹅妈妈告别。

"天鹅妈妈！天鹅妈妈！"它小声地呼唤着。

"谁？"天鹅妈妈警惕地从苇丛中伸出头来，"还有别人吗？"

"没有，就我自己。"

只剩下一只天鹅还在继续孵蛋，别的都丢下蛋壳，带着小天鹅游走了。

这会儿，天鹅爸爸可能找食去了，只剩下天鹅妈妈趴在蛋上。

"快孵出来了吧？"

"快了，顶多两三天，我都听得见它们啄壳的声音了！"

"我能听听吗？"

"来，来，轻点儿……"天鹅妈妈露出一个蛋来，让憨罗把耳

朵贴在上面。

"听到了！听到了！嘟嘟嘟嘟！嘿，真棒！"

憨罗趴在天鹅妈妈旁边，静静地望着它，眼角流出一滴泪来，嘟哝道："有妈妈真好。"

天鹅妈妈看出憨罗有心事，慌忙问它："怎么啦？憨罗，家里出什么事了？"

"我没有妈妈了。我妈妈被他们卖了。"

"啊，我真为你难过，孩子。"它用翅膀搂了搂憨罗，尽力安慰它，"我真为你难过……"

"我要到大山里去找我爸爸。"

"噢，去吧，孩子。人类很残酷，跟人住在一起，什么事都可能发生。可是，大山里也很苦，你还这么小……"

憨罗忍不住啜泣起来。

"我真为你难过……孩子，你一定要坚强！"

天鹅妈妈一边孵蛋一边安慰憨罗。忽然，它伸直了脖颈，眼睛瞪得溜圆……

远处传来"汪！汪！汪！"的狗吠声，紧接着，"乓"的一声枪响，芦苇深处传来一声天鹅的哀鸣……

"它爹！它爹！孩子它爹！"天鹅妈妈喃喃地念叨着，脸吓得煞白，慌乱地用枯草盖在蛋上。

狗狂叫着,狗吠的声音越来越近。

"不行,猎狗找我来了,我得引开它们!"

天鹅妈妈说完,急匆匆要走。刚走两步,它回过头来,望着憨罗,深情地说:"拜托……拜托您啦!"

说完,它朝着狗叫的方向扑翅奔去。

没多久,狗又疯狂地叫起来,天鹅妈妈从苇丛中陡然飞起,只听到"乓"的一声,它倒栽了下来。

憨罗给吓傻了,呆呆地站在那儿,直到狗的叫声远去,芦苇荡里恢复了宁静。

只有风、芦苇和浪花凄凄地呜咽……

憨罗没有受到猎人追杀,他们不杀老乡家的猪,但憨罗失去了最好的朋友。它伤心得大哭一场,哭完后不知道该做点什么。半天,它才缓过神来,先是扒开枯草看看天鹅蛋。它端详半天,天鹅蛋如玉一般温润,在天光的映照下神奇而美丽,蛋壳里边是一个个即将出生的小生命。哦,又听到了:哪哪哪哪!它们在里边迫不及待了。可是,还没到时间哩!还欠一点点火候,还得继续用体温帮助它们……

"真可惜,你们的爸妈都死了,你们再也出不来了!"

憨罗想到这里,不由得再次落泪。

这时,一只老鼠站在不远的地方,愣愣地望着它,眼睛里满是

　　为了引开猎狗，保护孩子，天鹅妈妈朝着狗叫
的方向扑翅奔去，只听到"乓"的一声，它倒栽了
下来。只有风、芦苇和浪花凄凄地呜咽……

悲哀和同情……

"滚开!"憨罗向来讨厌老鼠,"你这坏蛋,别想打它们的主意!"

老鼠噌地钻进了芦苇里。

憨罗轰走了老鼠,又在凝视着那些天鹅蛋。

"要不,我给它们一点体温?不行,我是猪,而且是公猪!没听说过公猪孵蛋的,还不让人笑话死了!"想到这里,它自己都不好意思了。

但是,想起那些可爱的、即将破壳而出的小生命,想起对它那么好、那么善良的天鹅妈妈,想起天鹅妈妈临别时那哀求的目光,它决定试试。

它把枯草扒开,将天鹅蛋一个个摆好,小心翼翼地趴在上面,用它那稚嫩的肚皮盖住它们。

它觉得很不自在,觉得那些小东西在下面拱它,拱得它的肚皮直痒痒。

它时刻竖着耳朵听动静,生怕被谁撞见。

"憨罗!憨罗!你在吗?"

果然,四眼狗找它来了。憨罗"噌"地站起来,慌忙钻进了芦苇丛中。

四眼狗寻着它的气味过来了:"我嗅到你了,我嗅到你了,快

出来吧！"

它来到了天鹅窝跟前，没有找到憨罗，却发现了天鹅蛋。

"哇！好漂亮的天鹅蛋！"它凑到跟前使劲嗅，还伸出爪子扒了一下。

"干什么？不许动！"憨罗从苇丛中冲了出来。

四眼狗离开了天鹅蛋："好漂亮的天鹅蛋！它们很好吃呢！"

"胡说！你走吧！离开这里，不许再来！"

"为什么？"四眼狗从没见过憨罗这么凶，"为什么赶我走？不是说好要到大山里去吗？"

"你走！你走！不许再来！"它凶狠地把四眼狗赶走了。

憨罗继续趴在那里孵蛋。它肚子很饿，但一刻也不敢离开。它知道许多动物都喜欢天鹅蛋，它要看住它们。晚上它也没有回家，害得主人在村边高声呼唤，到处寻找。

第二天，它饿得头昏眼花，实在受不了啦！

要不要回家去吃点东西？要不要放弃？

不行！我是我爸的儿子，我爸是一只无所畏惧的野猪！

这时，那只老鼠又出现了。它背着一大包东西朝憨罗走来。

"滚开！你干什么？不许靠近！"

"吃的，吃的！"老鼠边走边说。

"我不要，你走！"

憨 罗 王

老鼠走到跟前，放下东西转身就走，走了好远才转过身来说："吃的，吃的，快吃吧！"

包袱就在眼前，香味在空气中弥漫……憨罗受不住诱惑，打开一看：哇！饼干、糯米粑、花生豆，什么都有，还有一个水灵灵的大萝卜。它不好意思和老鼠对视，埋着头，狼吞虎咽地大吃起来。

老鼠一直在远处望着，看它吃完了，便过来取包袱皮。

憨罗冷冷地说了一声"谢谢"，它不想跟老鼠多啰唆，怕它憋什么坏主意。它听人说过，老鼠经常偷鸡蛋吃。

"以后不要送了，送来我也不吃！"

憨罗趴在天鹅蛋上，天天听动静，直到第五天黄昏，才有一个蛋被啄破了，一只小天鹅露出头来。紧接着，另外几个蛋里的小天鹅也都破壳出来了。

自然，每天它都吃着老鼠送来的饭菜，每次都回赠一声冷冰冰的"谢谢"。直到最后两天它才有了一点点笑容。

小家伙们跌跌撞撞地从壳里爬出来，不停地叫着"妈妈！妈妈！妈妈"，纷纷张着大嘴向憨罗蹒跚扑来……

憨罗给弄了个大红脸，慌忙推开它们："不是，我不是你们的妈妈！"

小家伙们还是缠它。被逼无奈，憨罗只好亮出自己光溜溜的肚皮："我真的不是……你们看，我是公的！"

　　憨罗趴在那里孵天鹅蛋。几天下来，它饿得头
昏眼花，实在受不了啦！那只老鼠又出现了，背着
一大包东西："吃的，吃的，快吃吧！"

老鼠在远处看着，忍不住大喊："叫爸爸！叫爸爸！"

小天鹅们眨着大眼睛想了想，慌忙改口道："爸爸！爸爸！爸爸！我们饿了！"

憨罗生气地说："饿！饿！饿！我有什么办法呢？我也没有奶！"

小天鹅说："我们不吃奶，我们要吃小虫虫！"

"什么？小虫虫？我到哪里去找？我自己还饿着呢！"

憨罗急得团团转。它难以拒绝小家伙们的求助。它知道，如果不尽快给它们找来吃的，它们很快会被饿死。

"你等着，我去找虫子！"老鼠说完，转身跑了。

一个老头儿坐在湖边钓鱼，旁边摆着一个可乐瓶。他从瓶里掏出一条蚯蚓，拍晕了，套在鱼钩上……

等老头儿专心钓鱼的时候，老鼠悄悄地把那个可乐瓶拖走了。

老鼠急匆匆赶回来，小天鹅正在仰着脖子张嘴叫唤。它赶紧打开瓶盖，倒出几条蚯蚓。可是，那些小东西还是仰着脖子叫唤，你就是把头按到蚯蚓上，它们也不会吃。

它俩忙得脑门儿冒汗，也没能把虫子喂到小天鹅嘴里去。憨罗急得直抹眼泪。

"你照看一会儿，"憨罗说，"我去找人帮忙！"

憨罗飞快地跑着。它看见一只野鸭，野鸭被吓得心惊肉跳，还

没等它把话说完就扑棱棱飞走了；它回村里找到一只母鸡，母鸡说那地方太远，主人肯定不会让它去；它找到了乌鸦，乌鸦答应得挺痛快，跟着它飞到芦苇荡里来了。

小天鹅们仍在仰着脖子叫，声音有些沙哑了。乌鸦慌忙将蚯蚓嚼碎，一一喂到它们嘴里，有时还抱起来在胸脯上抹了抹，放在地上蹾了蹾。最后，还给它们喂了些水。

小天鹅们吃饱喝足之后，安静下来，嘴里叨念着"爸爸爸！爸爸爸"，四仰八叉地躺在憨罗怀里睡着了。

憨罗把它们一个个拎起来，放进窝里，长长地出了口气："唉！这帮小强盗！差点儿把我吃了！"

乌鸦笑了。它说："明天到那边的黑土地里，你拱地，我俩捡虫子，一会儿就能搞定。"它斜了老鼠一眼，"可别再去偷人家的了。"

"不是着急嘛！"

"着急也不行！"

七 一根筋教练

日子一天天过去，小天鹅长大了不少。

"应该教它们游泳了。"憨罗想，于是，它把它们带到一片开阔的水面去。

老鼠一路跟着。它很热心地帮着小天鹅跳过沟沟坎坎，帮它们纠正走路的姿势。

憨罗问道："你叫什么名字？"

"你问我？我叫乐……兹……兹。"

"什么？乐死……死？不好不好，换一个名！"

"换名字？为什么？"

"我不喜欢！"

"你不喜欢？就因为你不喜欢？拉倒吧……你叫什么？"

"我叫憨罗。"

"噫！不好不好，土里土气的！"

憨罗不再跟它啰唆，转向小天鹅："哎！孩子们，作为天鹅，应该学会飞翔和游泳。"为了让淘气的小家伙们端正学习态度，它故意摆出严肃的面孔，重复了一遍："作为天鹅，应该学会飞翔和游泳！飞翔我教不了，以后请乌鸦大婶教。游泳嘛，我还能对付两下子。"

小家伙们在下边窃窃私语。它们在议论老师抢尾巴的动作，还争相模仿，弄得憨罗特没面子。它使劲敲着桌子："注意听讲！注意听讲！今天，我来教你们游趴泳（它自己杜撰的词儿，动作接近蛙泳）。咱们先在岸上掌握动作要领，然后再下水。"憨罗一边说，一边比划，"我把动作分解一下，大家跟着我学！"

课堂纪律真是糟糕。小家伙们表面上在听讲，暗地里却一会儿窃窃私语，一会儿你推我搡，有时还会哇哇大哭。

乐兹兹像救火队似的帮着维持秩序。

"注意啦！注意啦……先出翅膀，然后出腿，用两条腿夹水；收腿，蹬腿，夹水；收，蹬，夹，记住了没有？"

"记住了！"

"好，现在大家分头练几遍。"

憨罗腿短身子胖，它的示范动作不但说不上优美，还有几分笨拙，叫人看了忍不住发笑。小天鹅们跟着它学，模仿得惟妙惟肖，

甭提有多难看了。

费了九牛二虎之力，总算把基本动作教会了。这天，憨罗要领着天鹅们下水练习。它特意在水里先演示一番——用它两条鼓槌似的前腿，擂鼓似的在水里划动，绕了一圈，累得气喘吁吁。它还特别嘱咐："不要害怕！水没有什么可怕的！"然后，它和乐兹兹帮着小天鹅一个个跳了下去……

小天鹅们跳到水里，不由得激动起来，先是站起来拍几下翅膀，然后用脚踩着水转了一圈，划出一条优美的弧线，然后跳起了优美的芭蕾舞……

憨罗和乐兹兹看傻了。它们站在岸上欣赏着，看得如醉如痴。

后来小天鹅们你追我赶，游到开阔的湖中心去了。

憨罗想了想，觉得自己实在好笑……它拍了拍脑袋瓜，嘟囔了一句什么，和乐兹兹找个地方睡大觉去了。

几个月后，天鹅们长出了长长的脖颈、宽大的翅膀、一身洁白的羽毛，在湖里游弋着，高贵而优雅。

每当憨罗、乐兹兹和乌鸦望见它们，心里就会产生一种成就感。所有动物都用赞赏的目光望着天鹅，自然也很羡慕憨罗它们。

憨罗已经习惯了它们管自己叫"爸爸"，再也不觉得难为情了。有时甚至自己就说："走，跟老爸抓虫子去！""别乱跑，等老爸回来！"尽管它自己还是一只小猪崽子。

孩子们，练习游泳去喽！

　　终于有一天，天鹅们对憨罗说："老爸，我们要飞走了，我们要到南方去过冬天。"

　　憨罗一愣："要走了？真要走了？啊……走吧，走吧，你们志向远大！别忘了，每年回来看看老爸和你乌鸦大婶！"

　　乐兹兹急了："二爸！二爸！还有二爸！"

　　天鹅们流着眼泪拥抱了憨罗、乌鸦和乐兹兹，飞向天空，追上了大部队，朝远方奋力飞去。

　　憨罗忽然觉得浑身轻松："飞走了……也好！"

　　但它确实非常想念它们。

八 彩虹桥

憨罗好久没跟四眼狗在一起玩了。这天上午，它找到了四眼狗。

"走，到地里玩去！"

"能去看看小天鹅吗？"

"它们飞走了。"

"哇！我还没跟它们玩呢！听说……你会孵天鹅蛋？"

憨罗忽然红了脸："瞎说！你听谁说的？"

"都那么说，说那窝天鹅是你孵出来的，还说一个个长得特像你！"

"别听它们胡说。它们一天到晚没事干，就会嚼舌头……"

它们边说边走，来到了地里。

憨罗的主人正吆喝着老牛在土岗下边耕地。

41

翻开的泥土里有许多蚯蚓、青蛙和说不清名字的小虫子，还有味道甜美的草根儿。许多乌鸦跟在后面跳来跳去，呱呱鼓噪，有的干脆停落在牛背上。

牛爷爷干活的时候沉默不语，只是吃力地拉着犁杖在地里走。

憨罗在土岗上这儿闻闻，那儿拱拱，四眼狗趴在旁边和它聊天。

"哎！你还想到大山里去吗？"

"想去！怎么不想去呢？"憨罗故意要赖，"不是等你吗？"

"胡说！谁等谁？我等你两个月了。"

"嘿嘿嘿，对不起啦，咱们明天上路吧！多带点吃的。"

憨罗愣愣地眺望着远方的大山。

"你说，咱们能找到爸爸吗？我爸和你爸认识吗？它们会像咱俩一样是好朋友吗？"

"不知道。大山里的事谁知道呢？"

这时，天空浮来一团团乌云，越聚越厚。田野上的景物变暗了。

主人看了看天，扛起犁杖，赶着老牛，匆匆往家里走。

"啰……啰，啰啰啰啰！"

主人边走边喊，憨罗知道这是在唤它回家，便和四眼狗一路小跑，斜插过豆荚地，朝家里跑去。

　　还没有回到家里，豆大的雨点就砸了下来，砸得土路上麻麻坑坑，砸得原野上尘烟四起。瓢泼大雨随之而来。山峦、田野、村舍全被雨帘遮掩，满眼只有白蒙蒙的一片。

　　它们干脆不回家了，在雨中转着圈儿疯跑起来。一边跑一边大叫："吼龙来了！吼龙来了！咔喇喇喇……轰！"跑累了，便仰起脖子来接雨水喝。

　　很快，雨丝变小了，变稀了……暴雨来得快，去得也快。

　　雨帘隐去，山峦和田野重又清晰起来。乳白色的云雾从田野爬上山坡，空气中弥漫着湿漉漉的清香，小鸟又在快活地歌唱了。

　　天上的云团被风儿轻轻撩开，太阳露了出来，照得远处的雪山灿然耀目。

　　一道亮丽的彩虹，从近处的山丘冲向蓝天，一直跨到遥远的大山。

　　乐兹兹一直跟在它们身后。这会儿它拽了拽憨罗，叫它看那彩虹。

　　"哇，好美丽的桥！"憨罗惊呆了，"真是太漂亮了！咱们能上去吗？"

　　"肯定能！你看那上边平展展的！"四眼狗兴奋地说，"如果沿着它走到那一头，我们就到了大山里！"

　　"走，咱们到山里去！"

"我也去！"乐兹兹请求道，"我能跟你们一起去吗？"

"我们去找爸爸，你去干吗？"憨罗不想带它。

"你那小短腿……不行不行！"四眼狗干脆拒绝了它。

于是，四眼狗和憨罗兴奋地攀上了彩虹桥。

彩虹被太阳照得美丽无比，两个小家伙在彩虹桥上也被照得美丽无比。它们一路浴着清风，看着风景，指指点点，走走停停，十分惬意。

它们没有留意，太阳已经西沉，并且很快收回了光芒，沉到西山背后去了。太阳一旦收回光芒，彩虹也就消失了，憨罗它们掉到了一个山坡上。幸亏有大树托着，没有摔得太惨，只是吓了一跳。

天很快黑了下来，它们在树林里钻来钻去，分不清东南西北，搞不清该往哪个方向走了。

"要爬到最高的地方，才能看清方向。"四眼狗说。它跟它妈妈学过一点野外生活的知识。

于是，它们拼命往高处攀爬，爬到了一块大石头上。

"你看！"四眼狗惊叫道，"那么多星星，数也数不清！"

"嘿，星星在脚下边！怎么可能呢？不是做梦吧？"

于是，四眼狗在憨罗屁股上拧了一把，憨罗在四眼狗脸上掐了一下，都痛得大叫，知道不是做梦。

"是不是星星掉进湖里去了？我看见过湖里的星星！"

"也许吧。也许是天上的星星多得挤不下了，也许是天上太热，有的星星到湖里待着去了。"

"不管它，找个地方睡觉吧，睡够了明天再说。"

于是，它们摸黑从石头上爬下来，正好石头下边有个洞，挺宽敞的，它俩便钻进去躺了下来。

"肚子里咕噜咕噜叫，真饿！"四眼狗说。

"找到我爸就好了，"憨罗说，"找到我爸就有好吃的了！"话音未落，它就打起了呼噜……

清晨醒来，太阳已经升起老高。憨罗发现乐兹兹枕在自己腿上。

"嗨！你怎么也来了？你这小混球儿！"

"嗨！你们怎么也来了？两个大混球儿！"

三个小家伙急急忙忙钻出山洞，爬到巨石上，却吃惊地发现：大山退到了很远很远的地方。昨晚上那片星星的海，现在都变成了错落的方盒子，许多圆棒棒穿插在中间，突突地冒着白烟；数不清的带子在方盒子间穿来绕去，无数小甲虫在带子上飞快地爬着……

一条蜿蜒的河，在阳光下闪闪发光。

"哇！这是什么地方？这么多方盒子！"憨罗惊讶地说。

"这是城市，它肯定是城市！我妈妈说城里的房子都像方盒子！"

　　两个小家伙走在彩虹桥上，发现昨晚上
那片星星的海，现在都变成了错落的方盒
子，数不清的带子在方盒子间穿来绕去，无
数小甲虫在上面飞快地爬着……

　　"天鹅妈妈也说过方盒子。它还说，方盒子里住着许多人，他们在草地上休息，谁都会对你笑，谁都给你好吃的……"

　　"什么？谁都给你好吃的？我妈倒是没说过。你没骗我吧?"

　　"我怎么会骗你呢？天鹅妈妈亲口说的！"

　　"走！咱们到城里去！找好吃的去！"

　　"走！找我妈妈去，我妈妈早就到了城里！"

九 乡巴佬进城

清晨，一位捡破烂的老太太，推着一辆脏兮兮的儿童车，从曙光中走来。车轮发出"吱呦吱呦"的声音，打破了黎明的寂静。

老太太见到垃圾桶就要停下来，探进身子，用铁钩子仔细翻寻。

她刚刚靠近一个垃圾桶，"噌"地从里边蹿出来几个小东西，把她吓了一跳。半天她才看清楚，那是一头脏猪、一条脏狗和一只老鼠。她举着铁钩子追了几步，骂骂咧咧了好一阵子，因为它们把她吓了个半死。

四眼狗打了个哈欠，抱怨道："太阳还没出来呢，她就来吵我们，真是个讨厌的老太婆！"

"肚子真饿！"憨罗都没有力气抱怨了。

它们想找个地方接着睡觉，但是已经睡不着了。

"不能老这样睡觉，不能老在一个地方待着。"乐兹兹说，"我想出去闯闯。"

"你一个人去闯?"憨罗担心地问，"城里流浪猫可多了!"

"放心，我只是出去看看，我会回来找你们的。"

于是，乐兹兹自个儿走了。

"走了也好，少个累赘!"四眼狗说。

已经三天没吃到东西了。城市送给它们的见面礼，就是饿肚子。

是的，天鹅妈妈曾经说过，"城里谁都给笑脸给好吃的"，那要看给谁。你是一只美丽的天鹅，肯定谁都乐意给。如果你是一只脏猪或者一条脏狗，恐怕就没那么幸运了。

"这地方多没劲啊，咱们继续往大山里走吧!"

"大山还有好远好远哩!我都饿得走不动路了，咱们得先吃饱肚子。"

它们有气无力地在马路边上溜达着，累了便在路边停下来，只见许多车轮飞快地滚过去，各式各样的鞋子在街上走动;满眼是裤脚、裙子和花花绿绿的提兜;满耳是刺耳的尖叫和低沉的嘈杂声。到处是水泥墙、水泥地、水泥护栏、五颜六色的广告、望不见尽头也望不见顶的楼房……空气里弥漫着一股酸不溜秋的味道。

不远的地方，稀稀拉拉围着一圈人，它俩便凑了过去。

原来，是几只猴子在拉场子卖艺。这会儿已经演完节目，一只猴子正顶着帽子在转圈收钱。

嗬！真有人给钱！帽子里已经有了好多皱巴巴的纸片片，多得都要冒出来了，还有人在往里边扔。

这样也能搞到钱？四眼狗想停下来看个究竟。

憨罗却很迷惑：要那些纸片片干啥？也不能当饭吃！

猴子看见人们在陆续离去，害怕收钱把人都收跑了，便敲响了锣鼓，继续进行表演。

它们先跳了一段街舞。一个小盒子里播放着音乐，七八只猴子你一段我一段，表演得如同行云流水，流畅而精彩，获得了不少掌声。

接着，是两个小丑摔跤。两只猴子你抱着我，我抱着你，不断摔倒，又不断爬起来。摔得难解难分，摔得死去活来……好容易才停下来——原来就一只猴子，抱着一只假猴，自己跟自己摔。

"嘿！这钱咱们也能挣！"四眼狗兴奋地说。

于是，第二天，它俩在离猴子不远的地方找到一块空地。它们没有锣鼓镲，没有道具，怎样把人吸引过来呢？两个被饿急了的乡巴佬，不怕出洋相。它们找来一个破盆，一个铁皮桶，胡乱敲了起来。四眼狗还一边敲，一边唱：

"哎，快来看，快来瞧，祖传的绝活儿！演不好分文不取，演

好了请赏个饭钱!"

街人行色匆匆,没有谁注意它们。

"只听说外国有疯牛病,哼!这里倒好,还有得疯猪病、疯狗病的!"一位老太太路过的时候,嘟哝了一声。

它俩忙了一头汗,竟没有引来一个人驻足,只好开始表演武术。

憨罗和四眼狗在村里看过一点武术,但看过不等于学过,更不等于练过。所以,它俩表演半天,还是一只猪和一条狗在打架——即使打得鼻青脸肿,还是没有一个观众。

没法子,它们只好把绝活儿拿出来——那是在村口大树下看人演戏时学来的——如果这一招还不能留住观众,它们今天的晚餐就没指望了。

憨罗披一件黑色披风,站在墙角,背朝路人,用披风掩着脸;四眼狗在旁边敲着破盆,边敲边唱边吆喝。

憨罗一抖披风一扭头,亮出一张红脸;一抖披风一扭头,亮出一张蓝脸;一抖披风一扭头,亮出一张绿脸……前后变了七八张脸,这下可有人看了,而且还赢得了不少掌声和喝彩声。

憨罗受到鼓舞,演得特别卖力。待变到最后一张大花脸时,它张嘴喷出一条火龙,并且像妖魔一样地怪啸着……

不料火龙漫游开来,先是燎着了四眼狗屁股上的毛,接着向人

51

群游去，烧着了许多人的衣服。

"啊！着火啦！着火啦！"

"小猪放火啦！"

街上顿时大乱，人们纷纷灭火，互相扑打身上的火。

憨罗吓坏了，仓皇逃跑。它慌不择路，爬上一座高高的烟囱，不敢往下看，只是往上爬，越爬越高……

小猪竟会喷火，人们已经觉得奇怪；现在又见它爬上烟囱，更加觉得稀罕。于是远近行人，纷纷涌来观看，很快便变得人山人海。

警察"嘟嘟嘟"吹着警哨，从各处赶来。憨罗不由得心里一阵紧张，又往烟囱上爬了一截。

四眼狗被烧得乱蹦，在地上打了好几个滚，才把身上的火灭了。忽然它灵机一动，往高处一站，学着人的语调吐出许多话来：

"各位爷爷奶奶、各位叔叔阿姨：我俩是大山的孩子。

"山里连年闹灾，疫病流行，许多动物成批死去……

"为了引起人类对动物的关注，为了改变动物的悲惨命运，我的朋友正在进行自杀表演，用它年轻的生命，唤醒世人麻木的心！"

"啊！它是一位行为艺术家！"观看的人们纷纷议论。

"它那么年轻，真叫人感动！"

"我们应该帮助它，不让它死！"

"对，生命高于一切！朋友们，咱们捐钱吧！为了拯救千千万万动物，献出你们的爱心来吧！"

很快，从四面八方扔来的钱，堆成了小山，这可忙坏了四眼狗……头一回看见那么多钱，摸到那么多钱，它心里不可名状地激动起来。

警察赶到了。他们封锁了现场，驱散了人群，将憨罗从烟囱上弄了下来。回到警察局，已是深夜，已经折腾得很累了。他们把憨罗和四眼狗关押在拘留所的院子里，准备第二天审理这个案子。

拘留所四面都是高墙，高墙上还围着铁丝网。憨罗和四眼狗心情坏极了，既怕又饿，趴在那里唉声叹气，互相埋怨。

谁也睡不着，熬到半夜，忽然听见"吱吱吱"的声音……乐兹兹跑了进来。

乐兹兹说，全城人都在议论，全城人都知道小猪放火的事了。它乐不可支，拿它俩取笑。后来，它领着它们从下水道逃跑了。

它们来到一座杂草丛生的荒芜的院子里。乐兹兹从洞里拖出一大堆好吃的东西来："饿坏了吧？吃！吃！"

"嗬！这么多好吃的！"四眼狗惊讶得眼珠子都鼓出来了，张嘴就吃。它实在是饿急了。

憨罗有些犹豫，眼看着四眼狗在狼吞虎咽，眼看着东西越来越少，它也张嘴大吃起来。

它一边吃还一边嘟哝："可是，可是……"

乐兹兹兴奋地说："这几天我在城里转了转，嘿！食品商店、食品仓库、食品工厂……里边都是好吃的！堆得跟小山一样！"

"真的？"四眼狗两眼放光，"兄弟，我们能跟你一起去吗？"

"你们？就您这身材？嘿嘿，想都甭想！不过，只要你们跟我在一起，有我吃的就有你们吃的。"

"真的？你说话算数？"

"大丈夫说话，掉在地上能砸个坑，哪能不算数呢！"

"怎么样？"四眼狗碰了一下憨罗，兴奋地说，"以后咱们就跟乐兹兹小弟住在一起吧！"

"……可是，可是，我不想跟它住在一起。"憨罗嘟哝道。

乐兹兹愣住了："为什么？"

"我们不能老吃你的东西。"

乐兹兹生气了："怎么着，嫌我的东西脏？"

"不是。"

"瞧不起我？"

"老吃你的东西，我算什么？"憨罗忽然提高了嗓门儿，"我成了一条可怜巴巴的寄生虫！"

乐兹兹张着嘴，愣了好一会儿："唉！真扫兴！"

它伤心地走了。

　　"我不能老吃现成的，我要自己养活自己。"憨罗嘟哝道。

　　"你不该这样对它，它是好心。"四眼狗很遗憾。

　　"我没怪它，我生自己的气。"憨罗痛苦地说，"老吃它的东西，我会自己看不起自己。"

十 魔鬼的诱惑

　　四眼狗曾经跟着妈妈到过镇上，见过些世面；憨罗是头一次进城，城市对它来说，充满了神奇，到处都是谜团。

　　它常常站在不被人注意的角落里，望着那些来来往往的人。它不止一次发现，人们穿得好不好，体面不体面，是能否得到别人尊重的关键。如果你穿着又整洁又漂亮的衣服，别人就会微笑着把许多好吃的东西递给你；如果你穿得破破烂烂，别人就不搭理你，还把你从店铺里撵出来。

　　当然，无论别人给什么，你都得给人几张纸片片。

　　为什么有的人会有漂亮衣服呢？

　　憨罗也认真地观察过，那是他们用纸片片从服装店里换来的。

　　看来，纸片片是能否吃饱肚子的关键！

　　有一天憨罗正站在街边呆看，一条穿着Ｔ恤衫，拴着皮链条的哈巴狗，跟在一双高跟鞋后边紧走慢跑。忽然，它停了下来，瞪着那双藏在长毛下面的黑眼睛，气势汹汹地对着憨罗和四眼狗"汪汪汪汪"叫个不停，那模样儿真是滑稽极了。

"它说什么？"憨罗头一次听到许多陌生词儿，有些搞不明白。

"它'夸'咱们！"四眼狗笑着说，"它'夸'咱们是乡巴佬，一副穷相！"

"什么叫'乡巴佬'？什么叫'穷相'？"

四眼狗瞪了它一眼，没好气地说："它骂咱们是从乡下来的穷人，没有钱！"

"钱？什么叫钱？"

四眼狗有点哭笑不得，"看来，你还真就是乡巴佬了。你怎么啥也不懂……看见没有？"它指着远处一个持币购物的女人，"她手里拿的那些纸片片就叫钱！买东西用的。"

"噢，知道知道。在城里要想得到吃的，必须用钱换！"

"我妈妈到过很多地方。它说，有了钱，就可以得到你想要的一切！"

"哦，是这样。"从此，憨罗认识并记住了钱。

有一次，一个蒙面人冲进一扇高大气派的门。里边大喊大叫乒乒乓乓一阵热闹之后，那蒙面人背着一袋东西，从大门里慌慌张张跑了出来。这时，一辆警车"呜哇呜哇"开了过来，从车上跳下来

十几个警察，边喊边开枪。

蒙面人被一枪击中，倒在地上。从口袋里飞出来许多钱，被风吹得满街飘飞。

四眼狗说："那家伙真是要钱不要命！"

又有一次，一个人一边走路一边打手机。

"什么？我中了头奖？你说的是我？没弄错吧？多少钱？"只见那个人防贼似的瞄了一眼四周，脸变得煞白，对着手机重复了一遍，"多少钱？没弄错吧……"

随后，便听他"啊"了一声，把手机一扔，翻了个筋斗，大笑不止，朝马路对面狂奔过去……

"砰！"一声闷响，只见那人被汽车撞倒，躺在马路上，不动了。

随后，是急救车呼啸着开了过来。

城里好像有个魔鬼，那个魔鬼无处不在，勾摄着人们的魂魄。

憨罗后来才搞明白，那个魔鬼就是钱。所有人的奔忙，所有人的欢喜和烦恼、从容和焦虑，所有人的高下尊卑、远近亲疏……都和钱有关，都是这个魔鬼在背后捣鬼。

那个魔鬼到处捉弄人，弄得人们疯疯癫癫；也在捉弄憨罗和四眼狗，搞得它们无处栖身，受尽歧视。更主要的是饿得它们前胸贴后背，四肢发软，跟得了大病似的。

　　在城里，它俩被饿得晕头转向，拼命想要找钱。有一次，看见一张纸片片在路边飘飞，它俩一齐扑了上去，都认为是自己最先发现的，吵得脸红脖子粗。

它俩都暗暗地发誓，一定要亲自找到并逮住那个魔鬼！

当它们抱定这样的想法而又屡屡落空的时候，它们便变得心事重重、焦虑不安，常常唉声叹气互相埋怨。

四眼狗觉得跟憨罗在一起真是背运，这小笨猪啥都不懂，处处碍手碍脚。它想单独干，它相信自己的运气会出奇的好。

每天清晨，它们都早早地起来，在路边墙角、房前屋后寻找那些纸片片；在垃圾桶里、臭水沟边乱翻乱拱，即使弄得满头脏土、满身臭味也在所不惜。

有一次，看见一张纸片片在路边飘飞，它俩一齐扑了上去，都认为是自己最先发现的，吵得脸红脖子粗，还差点儿动手。

这是它俩第一次吵架。在村里它们可是从来没有吵过架哩！

从此，它俩开始甩下对方，单独行动了。

十一　盲人和四眼狗

一天，四眼狗来到公园门口，看见一位盲人在那里拉琴。

那琴声很感人，有时叫人快乐，有时叫人悲伤，甚至叫人忍不住掉泪，真是一种奇怪的声音。

他面前的帽子里扔着许多钱。

有位小朋友，把自己的汉堡包给了盲人。他用塑料膜包好，放在他的帽子旁边。显然，盲人闻到了香味，脸上掠过一丝笑意。他没有停止演奏。

四眼狗望着那汉堡包出神，蹲在一旁不住地咽唾液。它不好意思去偷一位盲人的东西，但又很难离去。想让它的视线离开那汉堡包，几乎不可能。于是，它就趴在不远的地方，好像在专心听琴，实际上脑子里全是汉堡包。

它忍不住一次次往跟前凑，每凑过去一点，便皱着鼻子闻

一闻。

"闻闻还不行吗？我只是闻闻！"它这样说服自己。

当然行，法律和道德都不禁止闻别人的东西。于是，它将鼻子凑近了那个汉堡包。

盲人觉得有什么动静。他伸手去摸，摸到了一张狗脸。

"哦，朋友，你是饿了吧？"他在它头上摸了一遍，"啊！是只小狗，还不到一岁呢！"

"有点像狼。"旁边有人议论，"你看它那眼睛，那鼻子……"

"像狼？您该不会说，大白天一匹小狼跑到公园里来找一个瞎子聊天吧？这倒是有点儿像童话了。"

盲人有几分清瘦，稀疏的头发在脑后扎成马尾结，用浑厚的男中音说话，带点儿喉音，很好听。

四眼狗本来想跑，听到盲人和善的声音，它改变了主意，"汪汪"地低声吠着，仰起脸来在盲人手里蹭来蹭去。

"你准是饿坏了，小东西，不然不会来找我。"盲人用脸贴了贴它，"都瘦得皮包骨头了，你跟我一样，被命运捉弄，四处流浪。"

盲人两只眼睛瞠视着天空，什么也看不见。他抱着四眼狗摸来摸去，爱不释手，心里有一种相见恨晚的激动。

看得出来，他十分喜欢四眼狗。

"忍一忍，儿子，一会儿老爸带你下馆子！"他用平静的语气宣

布了一个惊人的决定。

"不过，你得洗个澡，要不他们不让你进去。"

一个小时后，盲人洗得干干净净，穿得整整齐齐，抱着同样洗得干干净净，被精心打理了一番的四眼狗，来到一家餐馆门口。

当他步上台阶的时候，遭到了服务生的阻拦。

"对不起，先生，本店禁止宠物入内。"

"宠物？你倒问问它，它是宠物吗？"

服务生尴尬地笑了笑："对不起，先生，这是我们经理规定的。"

盲人有些恼怒："叫你们经理来！我倒要请教他，这条狗是不是要算宠物！"他把四眼狗放在地上，用绳子牵着。

这时，一位领班小姐快步走来，对服务生说："这是导盲犬，给这位先生开个单间。"

"诺！"服务生转向盲人，赔着笑脸问，"请问几位？"

盲人赌气说："两位！"

服务生对着大厅里高声唱道："单间两位，请！"

像皇宫里的礼仪那样隆重，大厅里一声接一声地往里边传递着："单间两位，请！"

十二 差点成了刀下鬼

四眼狗跟着盲人爸爸,被洗得干干净净,又在馆子里吃饱喝足,回到棚屋里美美地睡了一觉,憨罗却没有那么幸运。

它整天都在一条扔满垃圾的臭烘烘的沟里拱,吃了些草根,吃了几条蚯蚓,捡了一口袋纸片片。它不认得字,想等四眼狗回来帮它把钱挑出来。

整整下了一天雨,到处冷飕飕、湿漉漉的。

憨罗叼着那一口袋纸片片,生怕把它们弄湿了。它钻进了一根又圆又大的水泥管里。里边有许多干燥的细沙,趴在上面很舒服,憨罗不觉打起盹来。没多久,它便睡着了,轻轻地打起了呼噜。

当它醒来的时候,发现自己的四条腿被捆在一起,身子弯得像只虾米。

几个男孩围在它周围:"嗨!猪八戒醒了!"

憨罗环顾四周，发现它的"钱袋"不见了。它着急地喊："钱！钱！我的钱呢？"

"它在找什么？呀！是那袋擦屁股纸吧？臭死了！"

男孩们穿得脏兮兮、破破烂烂的，在憨罗身边说说笑笑，跟过节似的忙忙碌碌。有的捡柴，有的烧水，有的在磨刀。

"你们干什么！干吗捆住我的脚？"憨罗使劲挣扎着。

"二师兄，我们要吃你！"孩子们故作狰狞，"本王吃不到唐僧肉，吃猪八戒的肉也行！"

"你自己送上门来的，该着我们吃你！"

"这叫缘分，八戒贤弟！"

"哎，咱们跟八戒合个影吧。要不，吃到肚子里再也见不着它了！"

于是，孩子们都来跟憨罗合影，摆出各种姿势，集体照完个别照，站着照完坐着照，吵吵嚷嚷忙了半天。

照完相，便将憨罗平放在一张破桌子上，好几个人按住了它。

"谁来操刀？"

桌上摆着一把雪亮的尖刀，所有孩子都往后缩。

一个年龄稍大的孩子挺身而出："一帮吃货！看我的！"

他抓起刀来，用刀尖对准它脖子上那个像酒窝似的地方，屏住呼吸，闭上眼睛，手有点儿发抖。

65

憨罗大惊，扯着嗓子号叫，拼命蹬蹿，一下将破桌子踢蹬散了。握刀的孩子这才松了口气："不行，我干不了！"

"咱们干吗非吃它呢？把它拿到宠物市场卖了，不照样有肉吃吗？"

"是啊，咱们干吗非吃它呢？脏兮兮的，现在宠物可值钱了！"

"对！咱们卖了钱到餐馆去，烤肉、红烧肉、东坡肘子……不比这白水煮肉好吃？"

第二天，憨罗便被洗得干干净净，喷了一身劣质香水；还学着非洲球星的发型，将额头和脊背上的鬃毛烫成了精致的碎花卷纹，并且染得漆黑漆黑，又在它脖子上系了一条印有英文字母的绿色饰带，给带到宠物市场上来了。

他们在靠近入口的地方租了个摊位，让憨罗站在货柜上。它后面挂着一块硬纸壳牌子，上面写着"非洲蒙布猪"几个歪歪扭扭的大字。只留下那个大孩子——他今天穿得很干净很酷——守候在憨罗身边。其余孩子都退到了远处，一边抽烟一边朝这边张望。

宠物市场里，有各种名贵的猫、狗、鸟儿，还有小兔、松鼠、乌龟、变色龙……也有两只小猪，都是粉嫩白胖的普通猪。像憨罗这样长着卷毛的油亮油亮的小黑猪，却是独一份儿。

男孩手里端着罐头，不时给憨罗喂上一口。

围观的人还真不少。

“哎，什么地方来的?”

“非洲纳米比亚。”

“你给它吃什么?”

“专用罐头。”

那块纸牌子的下方写着“非诚勿扰”四个字，所以没有谁轻易打听价钱。

一个穿红色T恤衫的男子，领着一男一女两个十来岁的孩子，已经站在旁边看了半天。

两个孩子激动得满脸通红，盯着小猪眼都不眨，又不断抬起头来看他们的爹。男孩还使劲推搡他爹。

“买嘛! 买嘛! 咱们买嘛!”

男孩特胖，挤得他爹直趔趄。

“别推我! 这孩子……喂! 小猪怎么卖?”

“您诚心买?”

“那还用说!”

“八千块，一口价!”男孩用手指比划了一个八字。

“拉倒吧，”红衣男子笑了，“你当它会拉金蛋蛋啊!”

“这猪叫蒙布猪，参加过南非八国宠物选美大赛! 您可以到网上去查。”

红衣男子大笑:“瞧它那罗圈腿，还选美大赛呢，甭逗了!”他

拉着孩子转身要走。可是那小胖子跟秤砣似的,他硬是拉不动。

"便宜点吧,别要那么贵!"小胖子用近乎哀求的目光望着那卖猪的男孩。

"你说个价,兄弟,合适我就卖你。"

"四千,四千行吗?"

"行,行,卖给你!"

红衣男子急了。他两手叉腰,瞪圆了眼睛:"蒙谁哪?小子哎,你当我没见过宠物呀?"

"您说个价,您肯出多少?"

红衣男子也用手比划了一个八字:"撑死了这个数……八百!"

"大叔,您也忒狠了点!要不,您再加点儿,我也懒得等了!"

"一千。行就行,不行拉倒!"

男孩装出犹豫的样子:"……好吧,卖给您!今天亏大了!"

红衣男子拉过憨罗,翻过来调过去地查验了一遍,付了钱。这时,远处的孩子悄然潜过来,凑在旁边看热闹。

一帮破衣烂衫的孩子,簇拥着那个穿着讲究的孩子,蹦蹦跳跳地跑远了。

红衣男子感觉蹊跷。他扯下小猪脖子上的绿色饰带,叫女儿把上边的英文翻译给他听。

小女孩轻轻念出声来:"尿布湿,中国制造。"

十三 当宠物的滋味儿

汽车拐进一扇大门，打开后备箱，憨罗从编织袋里爬了出来。

编织袋倒还宽松，也算透气。只是一路颠簸，车里有一股子难闻的气味，憨罗差点儿吐了。

那女孩蹲在它身边，轻柔地说："哈噢！我叫汶汶。"接下来，她向它介绍了其他家庭成员："我哥叫鹏鹏——大伙儿管他叫花生豆，嘿嘿。这只小狗叫跟屁虫，那只大黑猫呢，它叫脏脸儿。小猪猪，以后咱们就是好朋友了。"

汶汶用一根手指头摸它的额头——在它洗澡之前，只能给出这个级别的爱抚了。

跟屁虫是一只小巧乖戾的玩赏犬。它四腿伸直——尽量想让自己显得高大一些——站在旁边，不时"汪汪"两声，以显示自己在这个家里的地位；脏脸儿是一只极普通的花脸黑猫，正趴在窗

那女孩轻柔地说："哈嘿！我叫汶汶。
小猪猪，以后咱们就是好朋友了。"

台上，警觉地盯着这个新来的家伙，脸上却摆出一副漠不关心的样子。

"洗澡，洗澡，洗澡喽！"花生豆捋胳膊挽袖子，走过来抱起憨罗，将它摁在一个红色塑料盆里，劈头盖脸往它身上浇水。

憨罗不怕水，在够不着底的小河里游泳也不胆怯。可是这会儿却把它吓坏了：让一个陌生人摁在水里，满眼红得瘆人，水还那么烫！

它立刻爆发出一声长嚎，从盆里弹跳出来，还将塑料盆蹬翻在地……

脏脸儿一下从窗台上消失得无影无踪；跟屁虫本能地撒腿就跑，跑了几步又回过头来，追着憨罗"汪汪"大叫。

花生豆的兴致一点都没有减退，又打来一盆水："小子哎，今天咱们看谁服了谁！"他跟小憨罗较上劲儿了。

憨罗蹿上台阶，想躲到屋里去。

花生豆满屋子追，撞倒了椅子，撞倒了台灯，撞得花盆满地滚，终于将它逮住了！他用双手死死钳住，又叫妹妹抓住后腿，开始了新的一轮强制洗澡。

憨罗拗不过他们，唯一能做的就是扯着嗓子号啕大叫。叫了半天，除了呛几口水，什么便宜也没占着。最后，还是让他们抹了许多肥皂泡沫，一次次刷洗——洗了好几盆黑水。洗完后用一个嗡嗡

响的东西照着身上吹了半天，吹得它热烘烘地直痒痒，尤其是吹到那些皮肉细嫩的地方，它难受得流泪了。

憨罗的自尊心受到了伤害，木然站在那里，胸部剧烈地起伏——有生以来，它头一回受宠，头一回遭受这样不容商量的暴力宠爱。

他们又抬来一栋装饰华丽的小木屋。那是仿照童话世界里的皇帝宫殿造的，门窗俱全，铺着地毯，是在回家的路上专门为憨罗购置的。

"好啦，干干净净、香喷喷的，像个王子了。要参观参观你的宫殿吗？"汶汶帮它用毛巾掏干净耳朵里的水，还给喷了一身刺鼻的气雾。

"嗨！住新家喽！当皇帝喽！"花生豆一直那么咋咋呼呼，把它从汶汶手里夺过来，学着他爹的做派，将它高高举起："举高高喽！举高高喽！"

憨罗又被吓坏了，它四腿乱蹬，扯着嗓门儿号叫。因为注意力全用在嗓门和腿上，竟忘记了对下腹那个器官的严格管控——一股黄色汁液破堤而出，径直滋到花生豆身上……

汶汶笑得要死，捏着鼻子躲到屋里去了。

"妈的！"花生豆气晕了，"看我怎么收拾你！"他使劲将憨罗掼在地上，又踢了一脚。

看着主人惩罚憨罗，看着它满脸的倒霉相，跟屁虫和脏脸儿顿

时心花怒放。它们故意不理睬它，在院子里追来追去，嬉戏打闹，绕着小木屋乱转，还钻到里边去看——好像那是它们的小木屋！

花生豆找来一卷透明胶带，将憨罗那个肇祸的家伙牢牢地粘在肚皮上。这让憨罗既愤怒又难受。它扯着嗓子号叫，拼命用嘴撕咬，疯了似的在地上转圈圈，到处乱钻乱躲。

花生豆可开心了，他十分满意自己的作品，笑得前仰后合。

汶汶给憨罗端来一盆香喷喷的饭菜。看到它难受的样子，慌忙抱起来察看。忽然她羞得满脸通红，扔下了憨罗。

"爸，你看他！爸，你看他！"

他们的爸爸，就是那个红衣男子，出来了。

红衣男子看到憨罗的惨样儿，高声喝道："哎，哎，这是谁干的？"

花生豆倚在门框上，用满脸委屈掩盖着满脸的坏笑："它滋我一身！"

红衣男子忍不住笑了："这小子，满肚子损招儿！"他抱起憨罗来，一边帮它拆掉那些胶带，一边唠叨，"老师没教你啊，要善待宠物。"

"宠物跟小树一样，得修理！"

"臭小子，你那会儿没少尿床，我也这么修理你，行吗？"

憨罗闻到香味，便从红衣男子身上挣脱开，冲到食盆旁边。它

忘了羞辱，忘了烦恼，顿时高兴起来。

盆里边有大米饭，有青菜叶，有肉汤……总而言之，汤汤水水，软软和和，是憨罗这辈子见过的最好吃的饭。

它用感激的目光望了汶汶一眼，便一头扎在盆里大吃起来。

汶汶蹲在旁边看着它吃，说了许多夸赞它的话，给它讲宠物守则，讲它美好的未来。憨罗一个字也没有听进去。它"吧唧吧唧"，满嘴的"好吃！好吃！好吃"，满脑子的"好吃！好吃！好吃"，直到把盆里盆外都舔得干干净净。

院墙外传来狗吠的声音……

憨罗趴在门缝处朝外张望。门外是一块草坪，几条大狗在草坪里追来追去，嬉戏打闹。有只黄狗身高体壮，声音浑厚，让它想起了好朋友四眼狗。

憨罗心里一热，顿时产生了亲近的感觉。

"喂！喂！"等大黄狗跑到跟前，憨罗叫住了它，"大叔，您见过我妈妈吗？"

大黄狗将鼻子凑近了门缝："你是谁？怎么长成这个样子？"

"我是小猪憨罗，到城里来找我妈妈。"

"你妈妈？城里没有你这模样的。"

憨罗失望了。

"喂，出来玩吧，我喜欢你！"说完，大狗们追逐着跑远了。

十四 噩梦缠身的小院

清晨，一群麻雀落在桂花树上，叽叽喳喳地叫个不停。它们叫得难听死了，嗓子眼里像撒了一把沙子。

憨罗不由得想起了家乡的小村。村里的那些鸟儿要叫起来，那才真叫好听呢！

那棵落满小鸟的参天大树、那片开满豆荚花的田野、那条在霞光中闪闪发光的小河……还能再看见吗？憨罗心里充满了惆怅。

"出来玩吧，我喜欢你！"大黄狗的话让它感到几分温暖。

它站起身来，伸了个懒腰，小尾巴抡得溜圆，这儿闻闻，那儿拱拱，开始了新的一天。

没费多大工夫，院墙墙脚便被它拱出来一个大坑，那些花呀草呀被拱得东倒西歪。石榴树的根须暴露在外，泥土撒了一地。

太阳笑眯眯地从楼顶上露出了脸儿。憨罗累了一身汗，跳到

荷花池里洗了个澡，抖干水，自己跟自己玩了一会儿，感到心满意足。

台阶上的大门"吱呕"一声，不用说，是主人出来了。

"该吃早饭了吧?"憨罗心里想着，便和跟屁虫、脏脸儿一起迎了上去。

"谁干的? 啊! 这是谁干的?"花生豆见了院子里的情景，气得脸都青了。跟屁虫立刻朝着憨罗狂吠起来。

憨罗看到小主人扭歪了的脸，知道自己要倒霉。果然，花生豆寻来一根竹竿。就是那种打在身上手感非常好，又脆响又有弹性的竹竿。

憨罗被追得满院子乱跑，跟屁虫趁机跟在后面"汪汪"狂叫，好像是它在承担着教育重任，这让憨罗感到难堪。

无论怎么躲，花生豆都有足够的耐心跟你周旋，直到逮住你，将你绳之以法，让你永远记住这一刻，他才心满意足。

憨罗的脊背、屁股被打得火辣辣地痛，隆起一道道红色的印痕，大腿上的肌肉一个劲地颤动……

"鱼缸里的鱼越来越少，肯定也是它干的!"花生豆指着墙边一个玻璃鱼缸说。

"瞎说! 那鱼早就少了。人家憨罗刚来!"

汶姐姐伸张完正义之后，便抱起憨罗，尽力进行安抚。她轻轻

地吹它的伤痕，心痛得掉下了眼泪。

憨罗的生活变得暗淡起来……

每天被圈在这小院里，日子变得特别漫长。好不容易盼来了天黑，院子里却被灯光照得如同白昼，实在招人心烦。

憨罗不喜欢小木屋，找一个黑暗的角落躺了下来。刚刚躺下，它便迷迷糊糊，进入了梦境……

月悬中天，月辉如水，雪山在天边依稀可辨。

一条银光闪闪的吼龙从雪山跃起，飞上蓝天，载着憨罗在蓝天里遨游。脚下是五彩祥云，是仙境般的高山流水、怪石苍松、奇花异草……

游够了，它俩停下来。吼龙回过头来，和它对望，正想说话……

忽然它想起什么，心中焦躁，蹦跳起来："啊，我得走，我还有事儿！"

它那声音轰隆隆的，像雷霆万钧；它浑身闪光，舞动龙爪，把云团全搅乱了。憨罗被甩出好远好远，从云缝里掉了下来，在空中"嗖嗖"坠落……

"啊！"憨罗大叫一声，四腿乱抓，"噌"地坐了起来，看见脏脸儿和跟屁虫在不远处望着自己，它有些不好意思。

"吓死我了……"

憨罗咂了咂嘴，翻个身，又睡着了……

又是一阵雷雨，又是一条彩虹，从大山这边一直跨到大山那边。

憨罗和四眼狗，一人拉着一个拉杆包，走过彩虹桥，兴高采烈地回到了日夜想念的那个小村。它们在城里挣了很多钱，要回家乡去看望父母。

它俩还和刚进城时一样，亲密无间，说说笑笑。

回到村里，四眼狗找它爹去了，憨罗直奔它出生的那个猪圈。

"妈妈，妈妈！我回来了！"

妈妈不在。猪圈里有一群小猪娃，小家伙们刚刚睁开眼睛，满地乱爬，伸着脑袋张着嘴，嗷嗷待哺。这时，一只老母猪坐在旁边，把小猪娃一个个捡起来，放在手里揉搓，搓成一个个圆球以后，使劲往地上摔，往墙上摔。

小猪娃被摔成一张张薄饼。很快，它们又自己缩回来，恢复了原来的样子，高高兴兴地仍旧满地乱爬，仍旧伸着脑袋嗷嗷待哺……

老母猪不停地摔着，不停地抱怨："哎！烦死了！"

憨罗认出来了：那是妈妈！它怎么一下老成了这个样子？

"妈妈！妈妈！我回来了！"

妈妈抬头看了一眼，并不理睬，还在继续摔那些小猪，继续在

抱怨：“烦死了！烦死了！老是满地乱爬！”

“妈妈，妈妈，我挣工资了！”

妈妈这才停了手，悲哀地说：“你老也不回来……”

它流下两行眼泪，很快，它的身体被眼泪融化，化成一摊水，流了一地……

“妈妈！妈妈！”憨罗十分伤心，哭喊着在地上到处摸到处找……

它被自己哭醒了，一点睡意也没了，坐在那里愣愣地发呆，脸上还挂着泪珠儿。

月亮在云彩中穿行，跑得飞快……

憨罗还在想着梦里那些事儿……忽然，它看见玻璃鱼缸里有个黑影儿！

那家伙蹲在水里一动不动，好像在沉思默想，好像在研究石头的纹理。好半天，那黑影儿才往鱼缸的另一头慢慢游动，黑色的毛在水里飘摇着，如烟似雾。憨罗给吓得毛都参起来了。它在村里曾听说世间有鬼。难道，那是一个游走在鱼缸里的长毛水鬼？

它瞪大眼睛趴在那里，大气儿不敢出，一动也不敢动。盯着那鱼缸看了许久，直到两片眼皮沉沉下坠，无论怎样挣扎也撑不起来……后边的事便朦胧如雾了。

当它再度睁开眼睛的时候，启明星已在天边闪烁，院墙外响起

了老人的咳嗽声，曙光充满了院子。

它跑到鱼缸跟前仔细察看，只见水草依旧，鱼儿安详，哪有什么黑影儿？

也许，不过是又做了个梦，别自己吓唬自己了。

十五 消失的琴声

自从跟了盲人琴手，四眼狗身上长了不少肉，毛色有了光泽，个头也长高了。说明它眼下的日子过得不错，虽不是每天下馆子，但吃饱肚子已不成问题。

与其说它跟了盲人，不如说是盲人跟着它。因为每天都是它在前面给盲人引路。遇到坑洼或坎坷，它总要停一停，回头叫两声，看着主人安全走过去——它成了地地道道的"导盲犬"。

"走！儿子，咱们上班去！"每天吃完早饭，盲人就牵着四眼狗，他们按时到公园门口去"上班"。盲人从不认为自己在乞讨，他认为自己没有占人便宜。

"咱们用音乐换饭吃，等价交换，如此而已。"

他们上班的时间是固定的，每天上午9点到11点30分，晚上7点到9点。除了遇上恶劣天气，或者身体出了问题，从不缺场，也从

不延长。用盲人的话说，"够吃够喝就行，用不着死乞白赖。"当他手头宽绰的时候，还时不时扔几个钱给身边的残疾孩子。

公园门口，渐渐聚了一群固定听众（多数是老头儿），每天按时去那里坐着，其中一个还坐在轮椅上。他们从不交谈，不买票，也不拍巴掌。只是自个儿待着，或看天，或看地，或闭目沉思。

琴声如水，汩汩地淌过他们早已麻木干枯的心田，去湿润那些尘封已久的记忆……

于是，有些人的眼角，便有泪花闪烁。

盲人看不见这些人，但他有感应，所以拉得更加卖力。也许不该用"卖力"这个词儿。感人的琴声不是靠卖力气奏出来的。准确地说，是盲人将他生命中所遭遇的悲欢离合、世态炎凉，以及他的感悟、他的思念、他的怜爱、他的悲悯，全都糅到琴声里去了。

从心里出来的，必能进入心里。

盲人拉琴，四眼狗便静静地趴在他身边，注视着身边的动静，显得彬彬有礼。好像它的眼神里也增添了几分悲天悯人。但是，如果有谁想从帽子里偷钱，或者有谁占了他们的场子，它就没那么文明了。

有了它，盲人不再孤独。

盲人和谁都不多啰嗦，但如果他多喝了几杯，又正好和四眼狗单独待在一起，那话便滔滔不绝了。

"小子，你从小也是没了父母吧？肯定的，跟我一样是个孤儿。"

他和四眼狗说话的样子很认真，脸上的表情是真诚的。

"可是，你小子比我强！比我强一百倍！"

四眼狗认真地看着主人说话，经常用点头或摇头表达自己的意见。

"你没有进过监狱，你没有被人打成残废！幸亏你小子不会说人话，算你捡着了，我真嫉妒你！"

四眼狗听到感动的地方，就用脸贴贴主人的脸。

"本来我是个很不错的画家，本来我有漂亮的未婚妻，现在却是个瞎子，只有琴和你了……还有一身病！"

它分明看见主人的眼角，流下一滴泪来。

"哪天我要不在了，你小子又得去过流浪生活……"

"不！不！您不会死！"四眼狗抱住主人大哭起来。

盲人说这话，是有预感的。

有一天，天空突然变得昏暗。四眼狗抬头看，只见乌云涌动，慢慢地将太阳卷走了，将它留下的亮斑抹掉了。

盲人的琴声戛然而止，琴弦断了，琴倒在一边。他靠墙根坐着，垂下手，眼睛茫然地张着……

四眼狗大吃一惊。它立刻跳起来，围着盲人转来转去，喉咙里发出"呜呜"的哭声。

有人拨通了手机，几分钟后，一辆急救车飞驰而至。当车上的人要用担架抬走盲人的时候，四眼狗发怒了。它狂叫着一次次冲上前去，要留住它的主人。好几条壮汉用棍子把它逼到墙角，才将盲人遗体抢走。

那些人非常理解这条狗的愤怒，理解它的悲哀，所以并不乱施棍棒。

四眼狗从小没有享受过父母的爱，它从盲人这里得到了，却又那么短暂！

从此，公园门口的琴声消失了。

四眼狗失去了它有生以来最好的父亲、老师、朋友和主人。但是它觉得他们并没有分离，他们的生活仍在继续。

每天上班的时候，它会沿着他们走过的路线从家走到公园门口。在别人看来，它身后像有个隐身人跟随似的，每遇台阶或坎坷，它总要停一下，回头望望"主人"。到达之后，它会静静地趴在那里，守候着他的琴和帽子。

盲人的琴和帽子，还有一个马扎，依然放在原地。帽子里堆满了钱，马扎前多了几束鲜花，不远处有一堆纸灰。

人们传颂着这条狗和主人的故事，孩子们特意给它送来吃的。

四眼狗日见消瘦，两只眼睛没有任何表情。但是，它心中仍有动人的琴声……

几条流浪狗路过这里。其中一条大黄狗对它说："喂！跟我走吧！这样下去你会死的。"

几天之后，它已经奄奄一息，双目无神了。

一天黄昏，几条流浪狗路过这里。其中一条大黄狗，特地在四眼狗面前停下来，望了它半天。

"喂！跟我们走吧！这样下去你会死的。"

四眼狗没有任何反应，只是不断地流泪。

流浪狗继续走它们的路。

没走多远，大黄狗对同伴说："现在世风日下，这样的忠义之士实属难得！"它回过头去，"不行，我得把它带走！"

十六 冰激凌冠军奖杯

日子一天天过去，憨罗的生活没有什么变化。

吃晚饭的时候，花生豆兄妹对爸爸说，学校要举办宠物运动会，他们想报名。

"都有什么项目？"爸爸问。

"赛跑、叼飞盘、跨障碍、算算术，还有铁人三项。"

"什么铁人三项？"

"先蹚泥塘，再游过一条河，然后将竿上的一顶帽子摘到手。"

"咱家这几个宝贝会什么？"父亲说，"赛跑？叼飞盘？跨障碍？它们赛得过那些大狗吗？"

"还没试呢，您怎么就下结论？"

"这叫知己知彼……算算术也许跟屁虫行，它脑袋瓜聪明。"

"让憨罗参加铁人三项吧，它蹚泥塘、游泳都很棒哩！"

"爬竿呢？最后那帽子怎么取下来？"

"嗨！训练呗。不试怎么知道它不行？"

"哎呀！真是的，您怎么老是知难而退？"

"这叫胸无大志！"

"臭小子！敢教训你老子！我可有言在先：别耽误学习！误了学习，分数掉下来，我把它们全送人！"

讨论半天，全家人都把赌注押在跟屁虫身上了。

开运动会的那天，跟屁虫被打扮得漂漂亮亮，由花生豆抱着，早早地来到了会场。汶汶牵着憨罗，抱着脏脸儿，来给跟屁虫助阵。

操场上，宠物和孩子们，孩子们和父母，围得里三层外三层；彩旗招展，气球飘飞，鼓乐齐鸣，一派节日景象。

树上的松鼠，草地上的野兔，天空的蝴蝶、飞鸟，也都跑来观看。

宠物们见面，免不了互相嗅闻，互相问候，互相挑衅，互相追打。叫声此起彼伏，十分热闹。孩子们像保护心肝宝贝似的护住自己的宠物，决不允许它们在赛前滋事打架。

首先进行的是算术比赛，题目由易入难，先认数，然后算加减法。

九条小狗在操场上蹲成一排。

第一轮是认数。两位穿着制服的同学负责举数字牌，举起一个字来，小狗们分别出队辨认，并用叫声表达数目，然后由裁判打分。第一轮下来，淘汰了三条最笨的小狗。其中一条是心中无数，企图用拖长音蒙混过关，被裁判判为无效；另两条狗简直就是糨糊脑袋，丢人现眼来了。

第二轮是个位数加减法，淘汰下来两条狗。跟屁虫勉强过关。

这些题目如果在家里算，跟屁虫根本不成问题。但是在这里它紧张得不行，因为紧张出过两次错误；花生豆比跟屁虫还要紧张。它一出现错误，他便在旁边又跺脚又叹气，弄出许多动静来，趁没人注意时，还用猴皮筋弹纸球崩它的屁股。

第三轮是两位数加减法，要淘汰一条狗，剩下三条分别获冠、亚、季军。

跟屁虫已经满眼恐惧了。它不时侧过头来看花生豆手里的猴皮筋。

出题人亮出"12＋3＝？"的牌子时，跟屁虫看了花生豆一眼，"汪汪汪"叫了14声。

花生豆"哎呀"一声，像泄了气的皮球……在裁判没注意时偷偷用纸球崩了它一下，崩得它尖叫一声。

裁判回过头来："它叫了15声？"

"对，它补叫了一声，它算对了。"另一个裁判证实了他的

判断。

当裁判正要宣布比赛结果的时候，汶汶站了起来。

"报告裁判！6号犬有违规行为。"（6号是跟屁虫的编号）

裁判进行了调查和核实，同意了汶汶的请求，跟屁虫被取消了比赛资格。

"都已经赢了！瞧你！就你爱显摆！"花生豆气得脸都歪了。

"你妹妹做得对！小子，她比你有出息！"爸爸站出来说话了，"今晚咱们上麦当劳，表彰你妹妹的良好表现！"

操场上，赛跑、叼飞盘、跨障碍……都在热火朝天地进行。

"还参加铁人三项吗？我看没戏。"花生豆对什么都没有兴趣了。

"应该让憨罗参加，它最少能赢两项！"汶汶说完，给憨罗领了一个号码衫，系在腰上，又趴在耳边嘱咐一番，把它放在铁人三项赛的起跑线上。

起跑线后面是看台，一个男孩抱着一只小花猪坐在观众席上。

憨罗一眼就喜欢上了那只小花猪，立即跑过去和它互闻起来。很快就知道它的名字叫索索。当然，它肯定是只小母猪。

"回来！憨罗！"汶汶使劲喊它，"比赛开始啦！"

"你等着，"憨罗说，"我要把冠军奖杯送给你！"

"各就各位，预备……"

都这会儿了，憨罗还在回头挤眉弄眼。

猪 往 前 拱

“乓！”

信号枪一响，憨罗扑入了齐腰深的泥浆里，拼命往前拱。

和憨罗一起比赛的，有好几条大狗，还有一只小鹿。它们多数被陷在泥浆里，披着一身沉重的泥巴盔甲，半天挪不动一步。

小鹿因为腿长毛短，虽然蹦不起来，但勉强可以迈步。

憨罗想把小鹿甩掉，它憨足了气钻进泥浆里，拼命往前拱，速度极快，跟潜水艇似的。当它抬起头来的时候，发现自己方向错了，拱了一条弧线！

小鹿已经走出泥塘，跑到了河边。

憨罗蹚出泥塘，从河堤上跃起，一个猛子扎进水里，一口气潜到了河中心。爬上岸以后，它先于小鹿到达了挂帽子的竹竿底下。

“妈呀！这么高的竿子！”它试着蹿了一下，根本够不着竹竿上的帽子。

这时，小鹿也已经到了另一根竹竿下。跳了两跳，鹿角离帽子不远，它觉得自己大有希望。

“憨罗，加油！憨罗，加油！”汶汶全家在看台上替它助威。

“加油！憨罗，加油！”索索在看台上摇动它的花手帕。

憨罗用尽平生力气往起一蹦，还没有第一次跳得高呢！眼看着自己没希望了。它痛苦地望了看台一眼……

“加油！憨罗，加油！绝不能放弃！”又是索索的声音。

忽然，憨罗拼命用嘴拱土，很快就在竹竿旁边挖了一个大坑。

小鹿充满自信，一次次往高处蹦，有几次它的角都碰着帽子了。

"小鹿，加油！小鹿，加油！"

"沉住气，小鹿！胜利属于你！"

眼看着鹿角一次次碰到帽子，看台上欢声如潮，都在替小鹿鼓劲。

憨罗推了推，竹竿摇动了。它又拱掉一些土，拼命一推，竹竿躺倒在地上。它从竿顶摘下那顶帽子，戴上它，得意洋洋地站到了冠军领奖台上。

全场响起了热烈的掌声和欢呼声；当然，也有反对的声音和起哄的"嘘"声。

小鹿和另外两条大狗，也都摘到了帽子，分别爬到领奖台上……小鹿毫不客气地挤到了冠军台上，它认为冠军应该属于自己。

裁判们面面相觑，不知道该如何决断了。

有人说："32号小猪违规，它根本就蹦不了那么高，应该取消比赛资格。"

这时，汶汶站了起来，她说："我不认为32号违规。因为比赛规则上只说取到帽子就行，并没有规定用什么方法获取帽子。"

汶汶说完后全场鸦雀无声……随后，有人拍了几下巴掌，后来

憨罗得了一个很大很大的冰激
凌冠军奖杯，还有一束美丽的鲜花。

有很多人鼓掌，最后变成了雷鸣般的掌声！

评委们耳语了一番，最后由主席宣布："评委会认为，鼓励创造性思维，比技术和体力竞赛更重要。所以，评委会裁定，比赛结果有效。32号小猪获得本届铁人三项赛冠军！"

全场响起了经久不息的、暴风雨般的掌声。

小鹿自己退到了亚军席上，亚军席上的狗退到了季军席上，季军席上的那条狗，夹着尾巴回到主人身边去了。

憨罗得了一个很大很大的冰激凌冠军奖杯，还有一束美丽的鲜花。

十七 鲜花盛开的原野

　　憨罗将奖杯献给了索索，它俩相跟着来到一片开满鲜花的草地。

　　它们一边走一边吃冰激凌，你吃一口，我吃一口，没多久，把奖杯吃掉了半截。

　　草地上，漂亮的蝴蝶翩翩飞舞，小蜜蜂嗡嗡地叫着，松鼠、野兔都停止了游戏，将热忱的目光投向它们。大家在运动会上认识了憨罗，小动物们拿着小本本，纷纷围上来，要它签名。

　　憨罗不会写字。它看过电视里的名人签名，模仿他们大笔一挥，反正谁也不认识，连它自己也不认识——唬得那些小家伙啧啧称羡。

　　有的没有找到本本，就请它在背上或肚皮上签名，憨罗也是大笔一挥，小家伙们痛得直咧嘴。

　　草地上的野花真多，白的、黄的、蓝的、紫的，一朵朵、一簇簇、一片片，一直绵延到山坡上……

　　憨罗和索索忙碌半天，小动物却越来越多。它俩找个空子溜掉了，逃到了一个僻静的地方。

　　它们你追我扑，疯玩疯闹。玩累了，就躺下来聊天。

　　天上的白云，一朵朵、一团团，像蹒跚的小猪，像临风的小马，像游弋的大鱼，像飞翔的大鸟，悠然远去……

　　"从前……我有很多很多好朋友，有老牛爷爷，有四眼狗，有老鼠乐兹兹，还有好多天鹅哩！"

　　索索瞪圆了眼睛："什么？你是说天鹅？那些漂亮的天鹅？"

　　"是呀！"

　　"它们是你的好朋友？"

　　"可不！不仅是好朋友，我还……嘿，它们真是漂亮极了。"

　　憨罗忽然想起了自己孵天鹅蛋，抚养天鹅宝宝的事，不觉脸红了，不好意思说出口来，便转换了话题。

　　"我还有一个好朋友，它嗓门儿特大。你知道是谁吗？"

　　"谁？"

　　"吼龙。"

　　索索眼睛里充满了问号："什么龙？"

　　"你看见天边那座雪山了吗？它叫'吼龙'。当天空布满乌云的

　　憨罗和索索躺在开满鲜花的草地上聊天。
天上的白云，一朵朵一团团，像蹒跚的小猪，
像临风的小马，像游弋的大鱼，像翔飞的大鸟，
悠然远去……

时候，它就闪着亮光钻到云里，蹿上蹿下，大吼大叫，那嗓门儿可大哩！我特别喜欢它，还在梦里跟它说过话呢！"

"嘻嘻，你真好玩儿，你真有想象力。"

"离我们村不远有个很大的湖，一大片芦苇荡，可好玩了，我们常常去那里游泳。"

"你敢在湖里游泳?"

"那有什么? 仰泳、趴泳、潜水，我都会!"

"你真了不起! 我可不敢，我看见水就害怕。我的嘴也不硬，拱些松土还行，拱硬土就费劲了。刚才看你拱土的样子，真叫人羡慕!"

"嗨，拱土是我们大猪的事，你们小猪娃跟在后边就行了。"

"什么? 你们大猪? 别吹牛了! 你也算大猪?"索索简直是喊了起来，"我看过运动员名录，你跟我一般大!"

"嘿嘿，那也比你经历丰富!"

"这倒有可能……婚姻状况那一栏，你怎么填上又涂了? 是不是家里有老婆了?"

"它们瞎写! 它们给我搞错了!"

"瞧你着急的样儿……怎么脸也红了? 嘿嘿嘿!"

"你真坏! 看我不修理你! 小坏蛋……"它们又在鲜花丛里追打嬉闹起来。

当憨罗扑倒索索的时候，它们俩互相凝视着……

忽然，旁边传来"吱吱吱"的声音。

几只松鼠从旁边的草丛里站起来，交头接耳，嘀嘀咕咕。

小松鼠们笑眯眯地拿着小本本走过来，请憨罗签名。憨罗坐起来大笔一挥，然后拍了拍它们的肩膀，意思是"走吧走吧快走吧"！

其中一只松鼠笑眯眯地走回来，指指索索手里的半个冰激凌把儿，又指指自己和同伴的嘴，如此反复了两三次。

索索听明白了，将冰激凌递给它，它们这才高高兴兴地跑了。

憨罗和索索叹息一声，互相望了一眼，笑了。

它们重又躺下来，敞开心扉，平静地聊着。

"你跟你妈妈住在一起吗？"憨罗瞪视着天空，问道。

"我出生不久，妈妈就被主人卖了。后来我也给卖到城里来了。"索索说到这里，不禁有些伤心。

"现在的主人对你好吗？"

"挺好的……可是，那有什么用呢？我还是想妈妈。"说着说着，索索流下了眼泪。

白云在深邃的蓝天里游弋。一群天鹅从远山那边飞来……

"想起妈妈离开家时的那副样子，我心里就特别难受。"索索忍不住啜泣起来。

"我理解，因为我也经历过。"为了安慰索索，憨罗替它揩拭眼泪。它很想化解它内心的孤寂……

"爸！爸！老爸！"

突然，从低空飞过去的一只天鹅认出了憨罗。它回过头来，激动地呼叫着，跌跌撞撞地降落下来；好几只天鹅都回过头来，激动地大叫"爸爸！爸爸"，跌跌撞撞地朝着憨罗奔过来。

憨罗扔下索索，高兴地迎上去，和美丽的天鹅们拥抱在一起。

索索瞪圆了惊愕的眼睛，张着嘴，愣在那里半天动弹不得……

"骗子！骗子！大骗子！原来它已经有孩子了！"索索泪如泉涌，气呼呼地冲走了。

憨罗和天鹅们兴奋地笑呀说呀喊呀，有叙不完的离情。

"来来来，我给你们介绍一位新朋友！"

当憨罗拉着天鹅们转过身来的时候，不见了索索。

它慌了神儿，匆匆送走了天鹅，到处寻找索索……

十八 栽赃陷害

憨罗当了冠军，心里却闷闷不乐，跟丢了魂似的，干什么都没有心思，跟谁都容易发火。它一直想着索索，不知道它为什么不辞而别。后来费了很大的劲儿，终于找到了它，也是冷冰冰的，对憨罗爱搭不理，真叫人摸不着头脑。

"就算冷淡它一会儿，也不该生那么大气呀！"

憨罗百思不得其解。

一家人都高高兴兴的，连花生豆都争着要替憨罗擦脸洗脚，干这干那，贱着脸哄它高兴。

"开饭喽！开饭喽！今天给憨罗摆庆功宴。"

花生豆和汶汶给憨罗做了一大盆好吃的，还给它倒了一碗果汁饮料。

憨罗什么也没吃，找个地方睡觉去了。跟屁虫和脏脸儿倒是实

实在在地饱餐了一顿。

汶汶看出了憨罗有心事。她想，应该带它出去玩玩。

放学了，汶汶带着憨罗到大门外的草地上去玩。

"哇塞！好漂亮的小猪！"

很快就围过来许多女孩子。

"它就是铁人三项赛冠军！"

"哇！冠军先生，好神气好酷啊！"

"它和狗打架吗？"

"它肯定打不过狗。你看它文质彬彬的样儿！"

"特像电影明星！"

"应该给它做一条花裙子，再戴一顶有花边的软帽。"

"它是男的！"

"男的？哇！那就不能穿花衣服了，得做一身王子穿的紧身服，钉上亮闪闪的铜纽扣！"

几个女孩围着憨罗，好奇地问这问那，都想伸手摸它一下。她们说话语气急促，看样子都很激动。

憨罗头一次体验到了做明星的感觉。

一群男孩在远处踢球，不时朝这边张望，这让汶汶心里很得意。

这时，两只大狗互相追逐着路过旁边，忽然停了下来。它们径

　　"哇塞！好漂亮的小猪！"几个女孩围着
憨罗，看样子都很激动，好奇地问这问那，
都想伸手摸它一下。憨罗头一次体验了做明
星的感觉。

直朝憨罗走过来。

憨罗仰着头，甩着小尾巴迎了上去。

女孩们被吓得高声尖叫："回来！回来！它们会咬你！"

两条大狗看着它，闻它，和它贴得很近。

"你是那只叫憨罗的小猪？"其中的大黄狗问它。

"是啊。"

"别跟她们在一起，你会学坏的。跟我们走吧！"

"这是我们寨主，它的话句句是真理！"旁边那条狗插话了。

"您能帮我找到妈妈吗？"

大黄狗蹙了蹙眉，它不想回答这个问题，转身走了。旁边那条狗却回头大喊："找你妈妈？到餐馆里去找吧！餐馆的盘子里准有，就怕你认不出来……"

憨罗的心情坏极了。虽然它不懂那些话的全部含义，但找不到妈妈是肯定的了。曾经那么嗜睡的它，现在居然半宿半宿睡不着觉了。

这天夜里，它又看见了鱼缸里的那个黑影儿。还是那么静静的，幽幽的，在水里慢慢地滑行，还是那么阴森森地鬼气十足。由于好奇心驱使，它居然忘了恐惧，想要看个究竟。

它缓慢地移到鱼缸跟前，瞪大眼睛朝里张望——这一望不要紧，把它吓了一跳：原来是脏脸儿掉进了缸里，它快被淹死了！

它不能见死不救！得叫主人来救它！它扬着脖子大叫起来"呜哇！呜哇！呜哇"！

忽然脏脸儿一个翻身浮出水面，跃出缸来："叫什么？叫什么？就你多事！"它抖干身上的水，悄无声息地找地方睡觉去了。

憨罗满头雾水，不知道它在搞什么鬼。不过，它倒是顶佩服脏脸儿的：它那闭水法练得不错，能在水里憋那么长时间！

脏脸儿却恨上憨罗了，认为它存心捣乱，存心要告发自己。其实，在这件事发生之前，脏脸儿和跟屁虫就已经恨上憨罗了。

它们早就发现，汶姐姐对憨罗特别好，放学回来总要先抱它，从不呵斥它，常常将好吃的留给它。特别可气的是，还允许它到她的床上去玩！

它们实在控制不住了——控制不住心中的嫉妒。时间长了，这嫉妒竟变成了愤怒，变成了仇恨！

脏脸儿和跟屁虫之间也有争宠，也有嫉妒，但那是暂时的。因为它们彼此间的争斗有输有赢，角色经常互相转换；憨罗却不同。自从它来了以后，从不向主人献媚，从不和它们争宠，从不跟它们计较，好像它们两个根本就不存在。而它却成了宠儿，而且经久不变，这让它们受不了。

它俩一直在谋划，要把这个碍事的家伙收拾一顿，把过去的好日子夺回来。

这天夜里，月亮躲到乌云里去了，大家都睡熟了。憨罗更是睡得一塌糊涂：打呼噜、磨牙、说梦话——这些都是熟睡的标志。

脏脸儿和跟屁虫没有睡，它们到处察看，躲在暗影里嘀嘀咕咕。脏脸儿还特意把院子里的灯关了——这并不费劲，它咬住拉绳往地上一跳，灯就灭了。

汶汶每天在院子里做完作业，总是把书包收拾好了放在窗台上。

那是一个粉红色的新书包，上面镶着浅蓝色的花边，双肩背的，还缀着一个小胖猪娃。

脏脸儿纵身跳上窗台，把书包推了下来。两个小东西又推又拽，将书包拖到憨罗身边，又把里边的书啊、作业本啊、铅笔盒啊……全都掏出来，乱咬乱撕，扔了一地。

跟屁虫还抬起腿来撒了泡尿。

月亮从乌云里露出来一会儿，又缩回去了。

第二天清晨，当憨罗还在熟睡的时候，便觉得屁股上重重地挨了一下，火辣辣地痛。它睁开眼睛，看见汶汶脸涨得通红，正高高扬起一个塑料蝇拍："气死我了，你这个坏蛋！"

憨罗猛然跳了起来，条件反射地蹿出去老远。汶汶打空了，气得扔下蝇拍，抹着眼泪，转身走进屋里去了。

当憨罗回过身来，看见眼前发生的情景时，惊呆了："怎么回

事呀？难道是我干的？是我在梦里干的?"

这回跟屁虫躲在一旁不动声色，脏脸儿也摆出一副事不关己的神情……憨罗仔细嗅着，回忆着。它闻到了肇事者留在书本上的气味，明白了——这两个坏蛋，十足的坏蛋！

花生豆又找来了那根竹竿，在憨罗眼前舞动着。当竹竿雨点般落下来的时候，憨罗不跑了，也不号叫，它趴在地上一动不动。

憨罗身上被抽出来许多红色的道道，紫色的道道，火辣辣地痛。一整天，它没有得到吃的。

跟屁虫和脏脸儿这一天也蔫了，说话的声音压得很低，走路悄无声息。也许，它们后悔了，觉得昨晚的恶作剧太过分了。

傍晚的时候，它俩来到憨罗跟前，惴惴不安地问："你要吃点东西吗?"

憨罗闭着眼睛，没有理睬它们。

"唉，下手也太狠了……以后别干这种傻事了。"跟屁虫装出十分同情的样子。

憨罗侧过脸来，看了它一眼，骤然爆发了："滚!"

清晨，憨罗又听到大狗们在门外追逐嬉闹。

"它们多快乐啊!"憨罗心中充满了憧憬，"它们一定知道大山在哪里!"

它凑近门缝："喂！喂!"它把那大黄狗叫了过来，"大叔，您

能带我到山里去吗？我想离开这里。"

"到山里去？"

"嗯，我想找我爸爸。"

"可是，你要付费的，我不能白带你走。"

"付费？我没……也许，我能帮您干活儿。"

"好吧。那墙角有个下水道，石板是在里边堵着的，我从外面推开，你就可以出来了。"

十九 流浪者之家

憨罗跟在大黄狗后面，仓皇地奔跑。

"到大山里远吗？大叔。"

"先回家。"

憨罗站住了："我想到山里去！"

大黄狗也站住了："先把欠我的钱还了，你爱去哪儿去哪儿！"

"……"憨罗张了张嘴，半天说不出话来，继续跟着大黄狗往前跑。

它们出了城，越过荒郊，顺着河堤跑了一段，钻过铁丝网，来到一处垃圾场。

垃圾堆得像一座座小山。到处弃着残砖断瓦、门窗桌椅、破盆漏桶、成堆成堆的黑塑料袋……许多蒿草蔓藤，从这些弃物中钻出来疯长着。

　　憨罗站住了："大叔，我想到山里去！"
　　大黄狗也站住了："先把欠我的钱还了，你
爱去哪儿去哪儿！"

蒿草中、铁网上、树枝间，挂满了五颜六色的塑料袋。它们被风撕成碎条，继续被撕扯着，发出刺耳的尖叫。

空地上留下纵横交错、龙飞凤舞的车辙——看得出来，这是一个不受管束、没有秩序的世界。

这里有许多狗窝、猫窝和兔子洞——这里是流浪者之家。

"寨主回来了！"

"您回来啦？"

许多流浪狗从狗窝里爬出来，恭顺地跟大黄狗打招呼。

它们从城市各处聚集到这里，多是遭主人遗弃，或是自己逃出来，或者自己走失的狗。还有不少流浪猫、野兔、老鼠、蛇等和它们混居在一起。

"找个地方歇着吧，有事找二当家的。"

令憨罗没有想到的是，寨主所说"二当家的"，竟是它的好朋友四眼狗！

四眼狗明显见长了，已经初具成年狗的模样儿：肩背宽阔，四肢发达，声音也变得浑厚了。盲人琴手去世后，它被寨主从公园门口带到这里。寨主赏识它对主人忠义，又看重它头脑聪明，便委以重任，让它在自己手下当二寨主，掌管垃圾场里的日常事务。

"小四儿！"憨罗激动得想拥抱它，"小四儿！是你啊？怎么会在这里碰见你？"

"憨罗!"四眼狗遇见憨罗,心里当然高兴,但是当着寨主的面,它控制住热情,表现得颇有分寸。

"你们认识?"寨主目光犀利地问四眼狗。显然,它不喜欢手下拉帮结伙。

"我们……认识,我俩是一个村的。"

"哦,给它安排个工作吧。它会什么?"

"它会拱土,会游泳,还会……会孵天鹅蛋。"四眼狗极力想替它多说几样特长,但一时想不起来。

"会孵天鹅蛋?好!仓库里那些天鹅蛋,就交给它孵吧!"寨主转向憨罗,"我帮你逃出来,是要收费的。"

憨罗说:"我知道,您跟我说过。"

"这样吧,你在这里干两年活,管吃管住,欠的钱就免了。"

"两年?"憨罗一付苦不堪言的样子,它望着寨主,寨主装没看见;它望着四眼狗,四眼狗也不好替它说什么。

临走,寨主对四眼狗说:"跟它签个合同,以后新来的都要签合同。还有,粮仓的建设要抓紧。说话就到雨季,再这么拖拖拉拉,沤坏了粮食,就别怪我……事先没有提醒!"

说完,寨主在好几条流浪狗的簇拥下走了。

四眼狗目送寨主走远,这才回过头来,拉着憨罗的手:"咱们怎么就走散了呢?我到处找你!"

憨罗兴奋地抱住了四眼狗："咱们又在一起了，嘿！我好几次做梦梦见你呢……"

这时，一条黑狗慌慌张张地跑过来："二当家的，二当家的，不好啦！粮仓盖半截又塌了！"

四眼狗吃了一惊，吼道："一群废物！"然后，它对身边一条戴眼镜的老狗说："跟它签个合同，领它到各处看看，明天开始干活儿。"

它对憨罗说了声"对不起"，便和那黑狗一道急匆匆走了。

"二当家的管着一大摊子，每天可忙了！"

眼镜狗从来不在背地里说人坏话，也不当面奉承谁。一看便知，它是那种老实本分的角色。

"走，我领你到迷你城去转转。"

二十 迷你城

垃圾场紧临野生动物园，中间隔着一道铁丝网，许多野生动物常常钻出来四处游逛。后来，大黄寨主不知道通过什么关系，弄到批文，挨着铁丝网建了一条商业街，专供那些野生动物购物和娱乐，取名迷你城。从此，野生动物们不再乱钻铁丝网了。

动物迷你城，比城里那些人类的商业街，当然差远了。这里既没有摩天楼，又没有霓虹灯，只有一些朽木枯枝搭建的棚屋，和长年累月靠蹄爪踩出来的坑洼不平的泥巴路。充其量只能和穷乡僻壤的农村集市相提并论。但对于动物们来说，这里可是相当诱人了。

"咱们寨主可能干了！"眼镜狗说，"早先这地方一片荒芜，连耗子都不爱来。现在你看，发展成这么大一片商业街！"

最最吸引野生动物，让它们流连忘返的地方，当然是小吃一条街。

其中有家啄木鸟开的食品店，正在卖一种叫"脆脆酥"的小吃。

门口架着一口油锅，里边的油烧得滚烫。旁边有一个透明的塑料盆，里边装满白色的小肉虫。一根透明的鹅颈曲管，被固定在盆盖上，从盆里一直伸到油锅上方。虫子们好奇，便争先恐后地从管孔里往上爬，一直爬到顶端，拐一个弯。然后抢到出口处，拼命往外挤。一条跟一条，一条推一条，从管口挤出来，都掉到油锅里去了。

白花花的虫子掉进去以后，在滚油里翻两番，便变得金黄金黄的，漂到边上去了。

许多树林里的鸟儿、刺猬、松鼠、穿山甲，都喜欢吃这种脆脆酥，它们排起了长长的队伍。

憨罗咽了口唾沫，对眼镜狗说："咱们要不要尝尝？一定很好吃哩！"

眼镜狗忙不迭地说："不！不不！那是很贵的哩！一月的工资也吃不了几条。等你以后挣工资了再想吧！"

憨罗只好咽了口水，跟着眼镜狗继续往前走。

拐了一个弯儿，前面是一家形体美容店。只见橱窗里摆着许多玻璃瓶，瓶里浸泡着动物的肢体、犄角、尾巴和五官等零部件。

"形体美容？"憨罗感到好奇，抬腿便往台阶上跑。

眼镜狗拉住了它:"这里不让参观,工作间里都是无菌操作。"

"形体美容?怎么个美容法?"

"噢,就是……有的动物觉得不够漂亮,进去换换零件呗!"

"换零件?您别吓唬我了!能把鼻子换了?能把胳膊腿换了?能把脑袋换了?"

"能!只要你肯花钱,这里没有办不成的事。譬如说,猪觉得自己不够聪明,就换一个狗脑袋,老鼠觉得……"

"我可不认为狗比猪聪明!"

"当然喽,只是打个比方。再譬如说,老鼠觉得自己腿不够长,就换了四条兔子腿;有的狗愿意安两个牛角,肯出大价钱的安一对鹿角……"

正说着,美容店的门开了,一个狗身子、鹿头、孔雀尾的怪物走了出来。一群穿白大褂的狗大夫送到门口,嘱咐它一周后回来复查。

憨罗愣愣地看着那怪物从身边走过去,看得目瞪口呆……

再往前,有家"吼歌厅"。憨罗觉得好玩儿,就站在门口多看了两眼。

厅里有三头驴、两条狗、一只公鸡,还有不少老鼠,站成松散的一排。前边一只老鼠在指挥。老鼠的指挥棒点到谁,谁就开始吼。

正说着，美容店的门开了，一个狗身子、
鹿头、孔雀尾旳怪物走了出来。一群穿白大
褂的狗大夫送到门口，嘱咐它一周后回来复查。

先是驴叫，三头驴分高、中、低三个声部扯着嗓子直直地吼；有时是一头驴吼，另两头驴给它伴唱，老鼠们用"吱吱吱"的细碎叫声做和声。适当的时候，狗便插进去"汪汪"几声。到最后，公鸡拖长了音，引颈高鸣，算是这首歌的结尾。

最后那一声，公鸡怎么也拔不上去，还老笑——它的注意力集中在大门口。

老鼠回过头来，看见一头呆头呆脑的猪，知道公鸡是为它而笑。

"看什么？看什么？不许……嘿！憨罗！怎么是你？"

原来，那执棒指挥的老鼠不是别人，竟是乐兹兹。它跑上来抱住了憨罗："见到你真高兴！真想你，想死我了！"

憨罗也很想乐兹兹，真的，它觉得乐兹兹是一位难得的真朋友。

乐兹兹回过头去对吼歌队队员们说："今天不练了，大家休息！"随后，它拉着憨罗往门外走："今天我请客，兄弟，想吃什么就说，现在我挣工资了。"

"你们二位叙旧，我就不打扰了。"眼镜狗拿出一份合同，对憨罗说："你在这里画个圈儿，明天领几个天鹅蛋，到孵化园去工作。"它匆匆走了。

"上次的事，我很抱歉。"在分别的这些日子里，憨罗一直想对

乐兹兹说这句话，今天终于遂愿了。

"咱们之间永远不用道歉。自从那次看你饿着肚子孵天鹅蛋，兄弟，我就交定你这个朋友了。"

这顿饭吃了很长时间，它们一边吃一边聊。忽然，乐兹兹对憨罗"嘘"了一声，并示意它朝门口看：四眼狗和两条阿拉伯装扮的狗，从包间里出来，正朝门外走去……

"喂！喂！"憨罗想叫住四眼狗。

乐兹兹慌忙拉住了它："傻憨罗，人家现在是贵人！"

"贵人？"憨罗满脸茫然。

吃完饭，乐兹兹又陪着憨罗在街上转了一会儿，前边还有洁身店、唠叨店（专门听人倾诉）、活得不耐烦了挨打店……

今天最叫憨罗高兴的，是见到了乐兹兹，当然喽，还有四眼狗。

二十一　倒霉的日子

"干什么不好？偏偏是孵天鹅蛋！"

憨罗领了几个天鹅蛋，心里老大不情愿。

"上次怎么能孵？"

"上次，上次，那是天鹅妈妈的孩子！现在这些家伙是谁呀？我都不认得。在我看来，它们跟石头没什么区别！"

憨罗在心里边对自己大喊大叫。

"再说，我是一头公猪！这种活儿干多了，叫人怎么看我？"

它向眼镜狗表达了自己的不满。眼镜狗连连摇头："这个活儿是寨主亲自安排的，可别惹寨主不高兴！再说，这活儿不是顶好吗？日晒不着雨淋不着……"

烦死了，真是烦死了！

憨罗每天用一个姿势趴在蛋上，趴得四腿发麻，腰酸背痛，心

里好不郁闷！

四眼狗好久不露面了。

乐兹兹倒是经常来看憨罗，它觉得四眼狗不够意思，"它有那么忙吗？哼，过去还是那么好的朋友呢！"

孵了整整两个月，蛋壳里一点儿动静也没有。憨罗将这情况反映给眼镜狗，眼镜狗又报告了二当家的。

这天，四眼狗领着一只乌鸦来检查天鹅蛋。

乌鸦挨个儿掂了掂那些蛋，对着亮光看了半天，又敲又听又摇晃，最后它摇了摇头："没戏了！"

四眼狗示意它开洞查验。乌鸦便"嘭嘭嘭"啄那蛋壳，啄开了一个小洞，闻到一股臭味，还流出许多黑汤来。

"把洞口封好，拿到街上去卖了。"四眼狗转身对憨罗说，"这不怪你，兄弟，别往心里去！"说完，它头也不回，匆匆走了。

随后，眼镜狗对憨罗说："二当家的说了，给你换一份工作，调你去洁身店。"

"洁身店？"憨罗满脸疑惑，"那是什么地方？"

"走，我领你去看看。"说话的工夫，眼镜狗领着憨罗来到了洁身店。

这个店开在一棵大树下，野生动物园里的鹿、熊、象、野驴、野牛等大块头的家伙，凡是经济上宽裕的，每周都来洁身。

　　所谓洁身，就是动物们站在树下，嚼着青草（店里免费提供），沐着清风，任小鸟们将自己身上的虫子啄掉。皮肤上长的小疙瘩，也能整得光溜溜的。

　　店里还专门花高价钱请来两只猴子，它们是捉虱子的高手。有时它俩必须倒挂在树上，将大动物的尾巴拽起来，小鸟们才有可能把那些私密处的虫子啄干净。

　　这里的技师非常专业：工具摆放有序，干活有条不紊。动作不仅麻利，而且跟舞蹈似的透着韵味。小鸟们的嘴极灵活，下嘴的轻重、缓急、深浅都恰到好处。让被啄的地方酸酸的、麻麻的、酥酥的，叫你舒服得浑身瘫软，欲醉欲仙。如果你享受过一次，就会想来第二次、第三次，会天天想来！

　　憨罗看傻了："它们都有专业特长，我会什么？"

　　眼镜狗说："这里缺一个挠痒痒的，你来挠痒痒吧。"

　　"我从来没挠过痒痒。我怎么会挠痒痒呢？我不干！"

　　"这是二当家的专门给你安排的。只要用心，干一段就成专家了。"眼镜狗语重心长地说，"憨罗，这个活要再干不好，你就得饿肚子了，别惹寨主不高兴。"

　　憨罗到洁身店上班来了。它知道饿肚子的滋味儿，为了不饿肚子，它努力想把这份工作做好。

　　这天，一位鹿太太做完洁身，顺便问了一句："你们店里有挠

痒痒的吗?"

服务生把憨罗叫了出来。

鹿太太趴在地上,憨罗跪在它身旁。它说哪儿痒,憨罗就给它往哪儿挠。因为是头一次干这活儿,它使出了十二分的耐心。

它尽量不用蹄子,而用鼻子前端的肉垫垫挠。鹿太太被它挠得十分舒服,趴在那里笑眯眯地一动不动。有时憨罗挠到了它胳肢窝附近的痒痒肉,挠得它忍不住"咯咯咯"笑出声来。憨罗见它高兴,特意往痒痒肉上多挠了一会儿,挠得它捧腹大笑,挠得它笑出泪花儿来。

"哎呀,好久没这么开心了!"鹿太太心满意足,临走还特意扔给它一张纸片片当小费。

下班时,领班在班务会上表扬了新手憨罗。

"这也是一门技术!"憨罗想,"而且是冷门。要是学好了,就是端上铁饭碗啦!"

它便格外用心起来,研究每位顾客的心理,苦练蹄上和嘴上的功夫,并且总结了一套"以痒止痒"的理论。

有天傍黑,来了一头走路都有点儿颤巍巍的老黑熊。

寨主关照过:"这是贵宾,要好好伺候。"

黑熊听说这里有位师傅痒痒挠得不错,做完洁身之后,便要请它挠痒痒。

　　憨罗蹄嘴并用，变着花样地给它挠痒痒，挠得
它大笑，笑得在地上打滚，笑得要岔过气去。忽
然，黑熊捂住胸口，倒在地上，嘴唇煞白……

熊瞎子脾气大，力气也大，憨罗干活格外认真了。

根据熊的指点，它忽上忽下，忽前忽后，忽左忽右，用尽看家本事，忙得满头大汗。

这头熊怕是得了皮肤瘙痒病，越挠越痒，越痒越急，脾气越来越大……

憨罗心里开始紧张。

"这是寨主关照过的客人，我得把本事用足，让它高兴。"于是，它运用"以痒止痒"的技术，直接挠它的胳肢窝。

先是试了几下，黑熊果然发笑，它便蹄嘴并用，变着花样地挠它的胳肢窝，挠得它大笑，笑得在地上打滚，笑得要岔过气去。

忽然，黑熊捂住胸口，倒在地上，嘴唇煞白……

"啊！不好！出事了！"

店里的动物全都跑了过来："快找救心丸！"

吃了两大盆救心丸，又喝了好几桶水，黑熊算是缓过来了。

寨主也来了，二当家的也来了，憨罗这娄子可是捅大了。

二十二　得罪了寨主

　　憨罗在牢里待了些日子，吃了不少苦头。后来，不知怎么给放出来了，跟寨主的合同由两年变成了四年。

　　"爱几年几年，哼！"憨罗处处失望，情绪低落到了极点，"爱咋咋的！"

　　它破罐破摔了，一天到晚呼呼大睡。

　　过了几日，眼镜狗来找憨罗，说二当家的安排它去迷你城打扫卫生。

　　"叫我扫马路？"

　　"是呀。"

　　"包括厕所？"

　　"当然。"

　　"我不去！"

"这可是二当家的安排的!"

"哼!还同乡呢,还朋友呢,还患难兄弟呢,良心叫狗吃了!"

"可别这么说二当家的!为了保释你出来,它求了不少人,花了不少钱哩!"

憨罗听罢,愣在那里不说话了,眼眶里噙满了泪水……

从此,憨罗不再发牢骚,也不再破罐破摔了。它十分珍惜现在的工作,每天早起晚睡,不允许街上出现一星半点脏物。一有闲空,它就平整那些雨天被踩得坑洼不平、晴天又被晒得坚硬如铁的路面。它很有耐心,一点一点整理,又经常备些细沙铺在上面。久而久之,街道便变得平平整整,踩在上面很舒服,看上去非常漂亮了。

有一天寨主路过这里,看了非常高兴,问是谁干的,还说要表扬它,要树它当标兵,要组织垃圾场职工来参观学习。

四眼狗听了也很高兴,特意跑来找憨罗:"兄弟,干得不错。就这么干,要坚持啊!"

这天傍黑,憨罗闲下来了,正在垃圾场里遛弯儿。

它这儿闻闻,那儿拱拱……

寨主和几条流浪狗站在垃圾堆旁,满脸严肃。它们面前,摆着几根骨头,不远的地方躺着一个铁罐子。

一群老鼠正在同寨主交涉什么。

"您要价太高了，我们到哪儿去弄那么多新鲜骨头啊！"

"街里街坊的，您少要点吧，就算给帮忙啦！"

"帮忙？世上没有免费的午餐！"大黄寨主肯定地说。

"求求您啦！"老鼠已经是在哀求了，"我们的孩子还在里边，一天没吃没喝，求求您啦，大叔……"

"要不，你们另请高明？"大黄狗说完，带着流浪狗转身走了。

憨罗遛弯儿来到这里，看见老鼠们站在那里大眼瞪小眼，一筹莫展的样子。

老鼠还在继续讨论它们遭遇的难题。

"除了狗有那么大力气，还有谁能推动那铁罐子呢？"

"要我说，准是狗干的。"

"没错，它们拿铁罐子堵住咱们的洞，就是想敲咱们一笔！"

"嘘——小声点。别让人听见！"一只老鼠指了指憨罗。

"哎！咱们干吗不请猪帮忙？它力气大！"

于是，几只老鼠跑过来拽住憨罗，要它帮忙把铁罐子挪开。

挪开？不就是一个铁罐子吗？这有什么难的！憨罗上前三拱两拱，就把铁罐子拱得骨碌碌滚出去老远……

老鼠们惊呆了。

"通了！通了！"它们欢呼雀跃着跑过来，"嘿！通了，可以回家啦！"它们争着抢着朝先前被铁罐堵住的洞里钻去。

　　憨罗三拱两拱，就把铁罐子拱得骨碌碌
滚出去老远……它把寨主冥思苦想了好几天
的计划给搅黄了。

憨罗不经意的举手之劳，把寨主冥思苦想了好几天的计划给搅黄了。要不说它没心没肺呢，它压根儿不懂处世之道。

正在远处张望的几条狗愣住了，随后，它们气呼呼地走了。

乐兹兹把憨罗请来，含着泪花儿，说了许多感谢的话："兄弟，你帮了我们的大忙！"

"没，我没帮什么忙。"憨罗毫不犹豫地纠正了它的说法。

"要不是你把铁罐搬走，我们还回不了家呢！"

"顺手的事。我没费力气，真的没……"

这时，老鼠们搬来许多好吃的：有长绿毛的面包、长黑斑的好丽友派、一大堆薯条、一块流着浆汁的比萨饼，还有，还有一碟金黄金黄的脆脆酥！

憨罗看到这一大堆好吃的，眼睛放光了，口水顺着嘴角流下来，一直流到肚皮上，说话的语气也变了："没，没……兄弟，咱们谁跟谁？用不着这样……"

在老鼠们热情的招待下，憨罗狼吞虎咽地享用着这顿大餐……忽然，它觉得自己的吃相不太雅观，便装得像城里人那样斯文起来，放慢了速度，最后还特意留下一小块面包屑、半根薯条，表示确实吃饱了。

吃饱喝足，随便找个地方躺了下来，一觉睡到第二天太阳升起老高，憨罗眼睛里还是一片漆黑……

　　大黄寨主带着几条流浪狗过来了，一路摔盆踢罐，又吼又叫，一看就知道是来找憨罗算账的。

　　几只老鼠慌慌张张从各处跑来报信，可是憨罗睡得很沉，怎么推也推不醒。

　　大黄寨主站在一旁，示意一条黑狗过来找茬儿："喂！新来的，骨头呢？欠我们寨主的骨头呢，嗯？"

　　那黑狗手里晃着一张账单，鬼知道是什么时候的什么账单！

　　"寨主，这位兄弟新来乍到，不懂规规……规矩，一会儿我叫它去给您认认认……认个错儿。"

　　乐兹兹想帮它，因为紧张，说话结巴得厉害。

　　"嗨！新来乍到就拉帮结伙！告诉它，不还账也行，每天从它身上卸卸……卸一块骨……骨头！"寨主也跟着结巴了。

　　"听见没？每天从你身上卸，卸……卸一块骨……骨头！"那黑狗将寨主的话重复了一遍。

　　憨罗有睁眼睡觉的习惯，有磨牙和说梦话的习惯。这时它还没有醒来，正眯缝着眼，笑眯眯的样子，不停地说些含混不清的梦话。

　　寨主认为它在嘲笑自己，十分恼怒："你竟敢……忘恩负义的东西，去死吧！"它压低前身，奓开颈毛，发出低沉的怒吼。好几条狗也都拿出了扑咬的架势。

乐兹兹慌忙上前阻拦："自自……自家人，都是自自自家人，有话好，好，好说，有话好，好说……"

这时，一辆红色卡车开了过来。它显得很疯狂，在垃圾场里绕了一圈，径直朝着憨罗飞奔而来。

流浪狗们被吓了一跳，纷纷蹿到垃圾堆后边藏了起来。

憨罗还是笑眯眯的样子，梦话不断。

卡车冲到跟前，戛然刹住，然后慢慢地、慢慢地向后退去，退得不能再退了，才掀起斗车将垃圾倒掉。

从架驶室里跳下来一个小伙子，朝着憨罗跑来，边跑边摘下帽子飞舞着："嘿，小猪！嘿，小猪！啰啰啰啰……"

"嗨，干吗啦？玩儿来了？"一位满脸胡茬的老司机从窗口探出头来，对那小伙子高声斥责，并将喇叭按得山响，"快上车！"

小伙子恋恋不舍地折了回去。"拜拜！"他挥了挥帽子，无可奈何地回到车上。

憨罗这时睡醒了，觉得大伙儿都在看自己，而且眼神有点儿特别……它对着卡车呆望，不知刚才发生了什么事情。

卡车飞也似的开走了，碾得大地都在颤动。

流浪狗们对憨罗另眼相看了。它们不解，这个貌不出众，走路有点儿罗圈腿的家伙，何以如此神通广大，竟让那么个庞然大物望而却步，让傲慢无理、经常向它们扔石头的那个坏小子也脱帽致

敬？想必它有非凡的本事。

大黄寨主装出什么事也没发生过的样子，同憨罗打了声招呼："噢，睡得好吗？"

憨罗伸了个懒腰，摇着小尾巴，正在这儿那儿随意乱拱。

"这院子确实很大。"憨罗随口说道。

"那边有个废车场，那才真叫大哩！"站在旁边的黑狗马上过来套近乎。

"是吗？要不要去看看？"憨罗好奇地问。

"可是，可是……到那边去，要过一条马路！"黑狗有点儿惶恐。

"你敢过马路吗？"寨主挑衅地问，它想试试憨罗到底有多大本事。

憨罗不知道寨主为什么会问这么傻傻的问题，反问道："那有什么不敢？"

"你肯定？"

"当然啰！"

"走！"于是，大黄寨主领着它向废车场走去。

许多流浪狗、流浪猫、野兔、老鼠，都跟着它们，想看看这头猪有多大本事。

二十三 通过死亡之路

到废车场去要穿过一条马路，那是所有动物都畏惧的死亡之路。大黄狗的一个哥哥就死在那里，还有它的相好——一条有点儿邋遢的花斑母狗，以及三只猫、五条蛇、四只野兔，都死在那里。

那些被人们称作汽车的庞然大物，好像专为杀戮在那里来回穿梭，只等动物们出现便骤然冲来，将它们扑倒压扁之后又疾速离去。

它们来到马路边，大黄寨主站在一个土岗上，指着川流如梭的汽车说："废车场就在那边，你要过去吗？"

"为什么不呢？难道你不想去？"憨罗看定寨主，随意问了一句。大黄狗却认为这家伙在同自己叫板。

"当然，当然，如果你过去，我肯定要陪你！"

憨罗走下土岗，抡着小尾巴，从容地朝马路上走去……

所有的动物都替它捏着一把汗，站在土岗上高喊"危险！危险"！乐兹兹更是急得像热锅上的蚂蚁，跑来跑去想阻拦它，把它拉回来。

憨罗在乡下没有遇到过这类危险，加之它有只耳朵不好使，完全听不见汽车的鸣笛和同伴的呼喊。所以它显得临危不惧，甚至有几分悠闲，不紧不慢地朝马路中间走去。

许多庞然大物从远处疾驰而来，到它跟前却戛然而止，齐刷刷地排成一列，等着它慢慢地走过去。

司机们都知道，压死家禽家畜是要赔偿的，这让憨罗捡了条命。

憨罗到了马路对面，回过头来笑眯眯地看着大黄寨主。

寨主犯难了。不去吧，它会在臣民面前丢尽面子。去吧，从那些疯狂奔跑的庞然大物中间穿过去，恐怕凶多吉少。

毕竟大黄狗是藏獒的后裔，它的祖先曾经跟随南洋海盗在马六甲海峡出生入死。尽管隔了很多代，它身上多少还保存了一些傲慢和勇猛的血性。在关键的时候，为了荣誉和尊严，它舍得玩命。

大黄狗运足了力气，疾速向马路中间冲去，但它突然预感到不妙：右前方有个黑乎乎的庞然大物正朝它飞驰而来，也许会刚好撞在自己身上。它猛然刹住了，前爪在马路上犁出两道深深的沟痕。

它定了定神，瞅准下一个空子，刚要发起冲锋却又马上改变了主意……如此三番五次，它终于丧失勇气了，只在马路边上来回溜

达，以掩饰内心的恐惧……直到有辆汽车不知道为什么忽然横在马路上，半天没有车过来，大黄狗才迅速冲了过去。所有随行的动物也都跟着跑了过去——这叫天赐良机，让大黄狗保住了寨主的面子。

废车场真是一个好玩的地方。对于垃圾场的居民来说，因为惧怕过马路，许多动物是头一次来到这里。

动物们最感兴趣的是车厢里那些散发着诱人香味的储物箱。如果你有足够的耐心，有时候居然会找到香喷喷的饼干、糖果或巧克力。这是老鼠们的最爱，对猫、狗、猪也有相当的诱惑力。

憨罗曾经坐过汽车。它对汽车并不陌生，也不惧怕。它从破裂的车门口蹿上跳下，钻进钻出，到处乱拱。有时，它无意中碰亮了车灯或碰响了喇叭，把胆小的猫鼠之辈吓得直哆嗦，连大黄寨主都给吓得蹿出去老远，心儿猛跳。后来大伙儿习惯了，专心玩起车灯和喇叭来，弄得废车场里灯光乱晃，"嘟嘟嘟嘟"响成一片。

直到太阳西沉，动物们才尽兴而归，朝着回家的路上走去。

二十四 挖出来宝贝

　　这天上午，大黄寨主、二当家的，还有几条保镖狗路过迷你城的商业街。

　　憨罗正在那里埋头干活。它遭遇了一段特别坚硬的坑洼不平的路面，便闭着眼，皱着眉，一路拱去，土坷垃碎石子崩得四溅，有的都溅到寨主脸上了。

　　寨主有些恼怒，但它忽然发现了什么："这不是……这不是憨罗吗？原来这活儿是你干的？"

　　"它现在负责迷你城的环境卫生，"四眼狗说，"它干活特认真，连厕所和地沟都清理得干干净净。"

　　"怎么能让它干这种活呢？放在这里真是大材小用了。"寨主当时就宣布，"派它到掘宝队去！下午就去报到！"

　　当天下午，眼镜狗领着憨罗到了掘宝队。

这里可不是一般动物能来的地方，吃得好，待遇高，走到哪里都受人尊敬。因为它们经常从地下挖出宝贝来，能给寨主挣大钱。

宝物挖掘场，里三层外三层围着铁丝网；门口有好几条保安狗站岗，所有动物出入，都要接受严格的检查。

憨罗被编入掘宝六队。队长是一只短毛腊肠犬，体格壮实，性格随和。队员有五只土拨鼠、三只公鸡、两头驴。土拨鼠用爪子挖，公鸡往后刨，驴子将土运出坑道。它们挖得特别费劲，半天出不来一筐土。

憨罗看了看，心想，磨磨蹭蹭的，还不如我自己干呢！便说："各位歇会儿，我替大家把这点活儿干了！"

于是，它活动活动脖颈儿，将嘴插进土里，一路往前拱去，拱得坑壁上的土大块大块往下掉。

"哎！哎！兄弟，悠着点，悠着点！"队长叫住了它，"只能往一个方向掘，不能四面开花，洞子太宽了会塌的！"

又拱了一会儿，队长叫它停住："兄弟，今天歇了。咱们该清理清理，要不会把宝物踩坏了。您坐边上歇会儿！驴子，去拎一桶冰冻酸梅汤来！"

"干这活儿真叫痛快！"憨罗想。队长还称呼它"您"，嘿嘿，真好玩儿！

这一天下来，它们掘到一柄锈迹斑斑的青铜剑、几片青花瓷，

还有一个残破的彩陶盆。

憨罗自从来到垃圾场，还没有谁用正眼看过它。现在队长称呼它"您"，让它一下子恢复了自信，找到了那个能干的自己，心里好不痛快！它浑身奔涌着一股劲，拱起土来，简直如同推沙一般。

连着干了十天，宝贝挖出来不少，在仓库里堆了一地，队长请寨主前来过目。

寨主带着几位文物专家来了。它们都是曾经在人类的大学里代培过的有来头的专家，但是它们在寨主面前不敢摆谱，因为在这个地方求职不太容易。

队长首先将青铜剑，还有那个残破的陶盆，摆到专家面前。

"这是商周时期的东西。"一位戴眼镜的乌龟专家说。它习惯性地想点一支烟，遭遇了同行们的反对。它只好把烟又塞回烟盒。

"龟老，您要想长寿，就戒了这玩意儿。"

"是呀，该戒，该戒，不是什么好东西，早就该戒！"

没让它抽这口烟，它的脑子显得有些迟钝："刚才说到哪儿了？啊，是商周之物。上面有'小甲'字样，应是商朝第七代君王的名号。"

一位鳄鱼专家端起那陶盆，一边察看一边说："……上面有编织物的纹痕，是西安半坡早期的物品，可能是一些游猎部落带到本地来的。"

接下来，鳄鱼专家有点卖弄学问了："它出自某个女人之手。各位看，这儿有两处纤细的手指印痕，肯定是女人留下来的。"

寨主只是默默地听，并不表态。

队长又搬出来几件，摆在桌上。

"这是一件玉璧，属新石器时代红山文化类型，玉的质地非常好！"

"这一件，是明代的青花瓷碗，碗口有残。"

"这件是宋代磁州窑的瓷罐，品相不错。"

"这一件，是明代……"

"行了行了！"寨主听得不耐烦了，"通通砸碎！那玉璧可以留下。"

"呀！呀！可不能砸呀！这些宝贝价值连城啊！"

"什么价值连城？那是人说的！在我眼里它们狗屁不值！"寨主用蛮横的目光盯住在场的专家，气汹汹地说："咱们泱泱动物世界，干吗非得听人的？人说值钱咱们就说值钱？偏不！我偏要当着人的面砸给他们看，让他们气得跳脚！让他们气得发疯！"

寨主的话把专家们弄得目瞪口呆，心想，"它……大概疯了！"

"寨主，这里有根骨头，您要不要看看？"鳄鱼专家惶惑地说，"包装盒里有记载，这根骨头是南宋时期宫廷里的东西，是咸淳年间一只皇家猎犬珍藏的爱物。"

　　"寨主，这里有根骨头，您要不要看
看？"鳄鱼专家说，"是南宋咸淳年间一
只皇家猎犬珍藏的爱物。"

"是吗?"寨主的两眼顿时放出光来。它接过骨头来就着光亮仔细察看,又用鼻子从头到尾闻了半天。

"无价之宝!哈哈,这才是我们动物世界的无价之宝!"

寨主大喜过望。

为了庆贺这件宝贝问世,寨主下令,垃圾场全体员工放假三天,可以通宵达旦欢歌饮酒。

寨主了解到这根骨头是憨罗掘出来的,特别宣布:"从即日起,提升憨罗为垃圾场三寨主,免除所欠债务,从本月开始按职务发工资。"并且问憨罗还有什么要求。

憨罗说:"请寨主准我一天假,我想去城里看一个朋友。"

"可以!"寨主答应得很爽快,并且对四眼狗说,"你给安排个保镖,别让它在城里走丢了。"

憨罗又说:"寨主,我想,我想给朋友买一小包脆脆酥!"

"什么脆脆酥?"

"就是那种,那种从管子里爬上去,掉到油锅里,给炸得香脆香脆的小虫虫。"一条小狗在旁边替它回答。

"可以!工资是你的,你爱买多少买多少!是去看女朋友吧?差不多就娶了带回来!"

憨罗一下脸红了,它感激地望了一眼寨主,羞涩地点了点头。

二十五 童年时光不再回来

哇！好久好久没这么开心了！

憨罗洗了个澡，精心打扮一番，在一条白毛老狗的陪同下，进城来了。它们在城里绕来绕去，转了半天，终于找到了索索住的地方。

索索住在一个用茅草盖的棚屋里，院子外边有栅栏门。

"索索！索索！"

索索正在树荫下晾晒衣服。它亭亭玉立，姿态优雅，出落得越发美丽了。

憨罗使劲摇动栅栏门，"索索，是我，快开门！"

索索满脸惊讶："憨罗！"衣服掉在地上，它急匆匆跑了过来。

"这么长时间了，你怎么还能找到我？"

"嘿嘿，心诚呗！只要……只要心诚，总是能找到的……"

"还心诚呢？哼！都当爸爸了！"

"当爸爸？"憨罗莫名其妙，"谁当爸爸了？"

"谁当爸爸谁知道！哼！都好几个孩子了！"

"谁有好几个孩子？"

"那些天鹅不是管你叫爸爸吗？还在骗人呢，哼！"

"你是说……你是说那些天鹅？那不是我的孩子！它们的爸妈都死了，是我把它们救活的。"

"真的？"索索吃惊得僵住了。

"我对天发誓！我要骗你，雷……"

索索从栅栏里伸出手来堵住它的嘴，不让它咒下去。

"你怎么……不早说呢？哪怕早几天也好！"它呜呜地哭了。

憨罗预感到发生了什么，长叹一声，蹲在地上砸自己的脑袋。

白毛老狗见它们这个样子，不知道说什么好，便转过身去看天上的云。

这时，一只又白又胖的公猪，伸着懒腰，慵懒地从屋里走了出来。

"索索！亲爱的，中午咱们吃什么？索索，怎么还不做饭？"

索索赶紧擦干眼泪，对憨罗说："这是我那口子。"它又叫住那胖猪，"过来，认识一下，这是我的朋友憨罗。"

憨罗显得很尴尬，不知说什么好。情急之中，它掏出一包油炸

小虫："来，来，尝尝我们那里的脆脆酥！"

胖子尝了两条："嗯，好吃！好吃！又香又甜又酥又脆！味道好极了！"它边说边吃，"我到过很多地方，吃过很多大饭店，能做出这等味道来的还真不多见！"很快，纸包里的油炸小虫就被席卷一空了。

憨罗和索索无言地对望着，眼睛里噙满了泪水。

突然，憨罗转身跑了……

在街上转来转去，它和白毛老狗走散了。可能是它故意甩掉了那位"保镖"，心情不好，它不喜欢旁边有人打扰。

最能抚平它心灵创伤的，也许还是童年的朋友和曾经生活过的那个小村。

小村离城市不远。憨罗现在已经身高体壮，进入青春期了，爬山并不费力。它一口气翻了几道山梁，爬上了那座最高的山脊。

啊！首先映入眼帘的，是山坳里那棵蘑菇般的大树、鳞次栉比的屋脊、袅袅的炊烟和那条闪着亮光的小河。

公鸡在"喔喔……喔"地啼鸣。

此情此景，让憨罗热泪盈眶，它几乎是连爬带滚地跑下山去。

大树依旧屹立，树叶沙沙地响着，小鸟儿欢愉地叫着，好像大家都在议论这位走南闯北的好汉，大家都在欢迎悲怆游子荣归故里。

145

胖子边说边吃，"我到过很多地方，吃过很多大饭店……"憨罗和索索无言地对望着，眼睛里噙满了泪水。

路上没有碰到人。牛在悠闲地吃草，狗懒洋洋地走过土坪……全是些陌生的面孔。

第一件事，憨罗想回家看看。

它曾经生活过的那个猪圈，它在妈妈怀里撒娇的地方，它和兄弟姐妹抢吃抢喝的那个食槽，现在已经换了一位新的猪妈妈，带着一群稚嫩的小猪崽儿，每天重复着同样的生活……

接下来它要去看望老牛爷爷，它特意为它买了一大包好吃的东西，它想告诉它，"我现在混得不错，有稳定的收入，您想吃什么尽管说！"

它老远就喊："老牛爷爷！老牛爷爷！我回来了！"

要在往日，老牛爷爷肯定会用一声长长的"哞"来回应它，欢快的心情会溢于言表。但今天，没有一点儿动静。

跑近牛栏一看，老牛不在了，里边换了一头年轻的公牛。

"老牛爷爷呢？老牛爷爷哪儿去了？它在地里干活吗？"憨罗着急地问。

"干活？干不动啦，进屠宰场了！"

那家伙嚼着草，一副满不在乎的样子。

这地方，这地方真是没有什么值得留恋的了！

不过，憨罗还要做一件事。这次回乡是临时决定的，事先没跟四眼狗说，它应该替四眼狗去看看它爹。

"黄狗大叔，我看您来了！"憨罗站在狗窝外边喊道。

"谁呀？谁会想得起我这个瞎子来？"

"是我，小猪憨罗！"

"是憨罗？你不是跟俺小四儿在一起吗？小四儿回来了吗？"

从狗窝里摸索着爬出来的，是四眼狗它爹，完全不是当初壮年气盛的样子了。它明显地老了，瘦了，双目失明，神情沮丧。

憨罗看了有些吃惊。它知道这会儿黄狗大叔最需要的是什么，忙说："小四儿在外头干大事，忙得回不来，它给您买了许多好吃的，要我捎给您。"

它把原先打算送给老牛爷爷的那一大包全都送给了四眼狗它爹。

黄狗大叔高兴得老泪纵横："俺早就说了，这孩子将来有出息！俺早就说了……"

趁老黄狗没完没了地唠叨的时候，憨罗慌忙离开了。它可怜它，并不等于喜欢听它唠叨。

二十六 北方来的野狗

连日来，一个不祥的消息在垃圾场传得沸沸扬扬：一群野狗从北方来，所过之处烧杀抢掠，无恶不作。

这消息是乌鸦带来的。据它们说，垃圾场在劫难逃。

最初，垃圾场的居民们确实紧张了一阵子。日子长了，大伙儿也就不当回事了。每天照常过日子，照常寻找和储备过冬的粮食，照常嬉戏打闹。只是长辈们吓唬淘气的孩子时，常常多了一个说辞："野狗来了！野狗来了！"

一个晴朗的清晨，果然有两条金黄色的野狗跨过河上的独木桥，箭一般飞奔到垃圾场。它们站在一座土岗上，在霞光的照耀下显得威风凛凛。

野狗昂头吠了一阵，招呼垃圾场寨主过来接受通牒。

大黄寨主出来了，像往常一样，带了几条流浪狗做左右随从。

159

它和它的随从从不梳洗，看上去脏兮兮的，举止也显得土气和猥琐。

寨主极力想端着点架子，以维护自己一帮之主的尊严。它站在一个垃圾堆上，打发四眼狗前去和野狗交涉。

"二位是何方朋友？请报尊……尊姓大名！"

野狗好像没有听见它说话，仰着头望了一会儿天，然后高声宣读："垃圾场寨主和全体居民听着，我乃国际野狗军团环太平洋总队东北亚纵队关东横队靠山屯支队之先遣队，今奉命通告如下：

"我野狗大军为了迎战南方恶魔，解放全体动物，挥师南下，所过之处动物无不欢欣鼓舞，踊跃犒劳。为了爱惜资源，杜绝浪费，我军特严格规定垃圾场居民奉献数额。计有新鲜棒骨888根、新鲜腔骨666根、新鲜排骨668块、新鲜脚趾骨886块。

"届时照单查收，一根不能多，一根不能少。多出来的通报批评，责令下次改正；少的从垃圾场居民身上按数剥取，加罚686根尾骨。"

野狗读到这里，场内一片哗然，许多动物发出了不满的吼叫，有的要冲上去干掉那两个杂种，被大黄寨主制止住了。

四眼狗想和它们套套近乎，尽量减少损失，便耐着性子说："咱们同宗同源，有话好说！有话好说！二位辛苦了，先请到舍间歇息用餐！骨头的事容慢慢商议。"

一条野狗生硬地拒绝了它:"吃饭就免了,我们公事公办!"

"当然喽,也不是不可以变通。"另一条野狗用随意的语气补充道,"比如说,把那根宋朝的骨头献给我们大王,大王一高兴,没准给你们全免了!"

原来,它们是冲着宝物来的,这帮强盗!

两条野狗仰着脖子号了一阵,继续宣读:"8月8日上午8点整,垃圾场全体居民务必备齐献礼,在独木桥头列队恭候。如有违背,后果自负!"

宣读完毕,野狗用威严的目光往场内扫视了一圈,便跑下土岗扬长而去。

垃圾场内群情激愤,没有谁能忍下这口恶气,居民们纷纷主张跟野狗拼了。

"乡亲们,可别意气用事!"乌鸦用充满同情的口气劝说着,"前几天我们从北边来,有的地方没有照它们说的做,被它们赶尽杀绝,连刚生下来的娃娃都给咬死了!这群野狗可不是东西了!"

"可是,我们到哪里去搞那么多骨头呢?几乎是不可能的呀!"

"我知道,商店仓库里有假骨头,堆得跟小山似的,比真的还像真的!"

"它们根本就不是冲什么新鲜骨头来的,你们没听明白吗?前面说那些是虚晃一枪,是施加压力,目的是要咱们把宋朝那根骨头

给它们！"

四眼狗不愧是二当家的，它比别人看得透彻。

"那就给它们，咱们再挖呗！"一条颇有资历的老狗嘟哝了一句。

"混账！"大黄寨主双眉倒竖，恶狠狠地说，"以后谁再说这种混账话，我先拿它祭刀！"

"肯定不能给！那是咱们的镇场之宝！说什么也不能给！"

"咱们也有十好几条大狗，还有猫、兔、猪、蛇、老鼠，我就不信咱咬不过它们！"

"好啦好啦，别瞎嚷嚷了。"大黄寨主极力显出镇定的样子，"待会儿开个首长联席会议，每个家族来一个头儿，乌鸦和喜鹊也请参加一下。"

大黄寨主主持的联席会开了一天一夜，会上大家各持己见，争吵不休，谁也没有退敌良策。第二天清晨，寨主宣布休会两小时。

接下来又是一天一夜，仍旧没有结果，而且眼看着发言的越来越少，打呼噜的越来越多。寨主一筹莫展，只好宣布暂时休会。

似乎世界末日就要来临，谁也没有心思过日子了。迷你城许多店铺门庭冷落，相继停业关门。眼看冬天快到，很多家庭还没有储备好粮食。垃圾场的居民们一天到晚忧心忡忡，精神到了崩溃的边缘。

日子飞快地过去，现在，寨主正在主持第33次联席会议，可以想象，这仍旧是一次沉闷的会议，一次鼾声雷动的会议。

许多动物得了"恐会症"，在它们看来，开会不如去死。对野狗的恐惧已经让位给了对开会的恐惧。

寨主也得了"恐会症"。一到开会，脑袋就成了一锅糨糊，什么条理、什么判断力都没有了。

四眼狗不仅厌恶开会，它压根儿就认为不值得为那根骨头开会。不就是一根骨头吗？给它们！只要保住了垃圾场，只要大伙儿平安无事，骨头还可以再挖！

而且，那根骨头根本就不是什么宝物！上次寨主砸碎那么多真正的宝物，叫四眼狗心痛了好久，"那家伙真是井底之蛙。要不，它就是疯了！"

四眼狗和寨主之间的分歧越来越大。但是，"二当家的"这个头衔是寨主给的，它随时可以收回去。所以，四眼狗不想顶撞它，干脆称病请假了。

在这样重要的时刻，在这样重大的问题上，作为二当家的保持沉默，装病请假，无疑令寨主很不高兴。

憨罗倒并不特别反感开会。因为所有开会的时间都被它用来睡觉了。它总是微微睁开眼睛，好像在笑眯眯地望着会议主持人，匀称地打着呼噜，偶尔嘟哝几句含混不清的呓语，似乎在表示赞成或

者反对。

又是整整一夜！寨主的脑袋里已经灌满了糨糊。为了打破会议的沉闷气氛，它突然大声宣布："谁能退敌，就请谁来当寨主！"

此刻，不知道憨罗正在做什么梦，忽然清晰地蹦出几个字来："好办，这事包在我身上！"它磨了磨牙，又加重语气重复了一句，"对，包在我身上！"

别看声音不大，却如雷贯耳！所有的呼噜声立即停止了，所有的眼睛都睁开了。动物们都围过来，热烈欢呼着，抬起憨罗绕场奔走……

憨罗被大伙儿从梦中吵醒，揉着惺忪睡眼，一副很不情愿的样子："干吗啦？干吗啦？别这样！让我再睡一会儿！"

就这样，憨罗稀里糊涂地挑起了保卫家园的重任。

二十七　没有救世主

待睡意退去，仔细想想刚才发生的事情，憨罗被吓出一身冷汗。

自己只是一头猪，从来没有打过仗，更没有指挥过打仗；垃圾场这些流浪汉，这些散兵游勇，怎么能和训练有素、威震一方的北方野狗对阵呢？不明摆着是拿鸡蛋往石头上碰吗？

跟寨主说自己干不了？说那只是一场误会？或者什么也不说，悄悄地溜走？

不行，绝对不行！那叫什么男子汉呢？

这会儿，"无所畏惧"这个词又跑到它脑子里来了。

"我爸爸是一只无所畏惧的野猪！是的，我也要无所畏惧！"

四眼狗曾经气冲冲地跑来找它："你疯了？想往上爬也不能拉大伙儿垫脚啊！"它认为憨罗为了当寨主，跟自己争高低，才会如

此疯狂。

憨罗辗转反侧，连着好几宿失眠了。

这天，乐兹兹对它说："听说不远的地方有座白云山，山上有座白云观，香火特旺，菩萨顶灵验的，何不去碰碰运气？"

走投无路，只好"有病乱投医"，求菩萨保佑。虽说不远，憨罗背着乐兹兹整整走了两天，第三天清晨才到达白云山下。

刚刚下了一场雨，山色青黛，山顶上云雾笼罩，瀑布飞挂，溪流奔涌，美丽的鸟儿到处飞翔。

沿途尽是苍松翠柏，石板路在其间穿来绕去，一路向上。三两香客，扶老携幼，络绎不绝。又走了一程，松林深处，依山傍崖矗立着不少亭台楼阁，看样子白云观到了。

山风夹带着雪花，颇有几分寒意。还没到开门时间，山门前聚集了不少香客，正在排队购票。许多道士在售卖香烛，推销旅游纪念品。

憨罗和乐兹兹避开人群，从侧面的小门钻了进去，来到一座大殿跟前。院子里既没香烟烛火，又无晨钟暮鼓，只有无声地飘飞的雪花，显出几分冷清。

它俩在大殿外转悠，想赶在香客们涌入之前先去求拜菩萨。

隐约听到大殿里有说话的声音……

大门紧闭着，它俩扒上窗框朝里张望，只见神坛宝座都空着，

宝座上的那些泥塑菩萨，现在都蹲在地上，不分尊卑，全都披一条毛毯，聚精会神地围在火炉边打牌，时而爆发出阵阵争吵。

一个小道士正往炉里添炭。

憨罗扒的时间长了，蹄子发麻，失手从窗框上摔了下来，痛得"哎呀"一声。

"谁?"里边的道士喝问道。

"不好，警察!"那些泥菩萨听到动静，慌了神儿，纷纷揣了钱，藏了牌，回到各自的宝座上，端坐如初。

道士开门，见一头猪、一只老鼠，便大声喝问："干什么的?买门票了吗?"

它俩心里紧张，被问得张口结舌，不知如何回答。

"是不是来求签的?"另一个年长的道士和蔼地问。

乐兹兹慌忙点头。

"哦，进来吧。"他把小道士拉到一边，"快! 快去拿照相机!"

"干吗? 给猪照相?"

"叫你照你就照! 死脑筋! 明天这照片往报上一登，连猪啊鼠啊都来白云观求签，你想想，白云观还不被踏破门槛?"

小道士恍然大悟，跑到里边拿照相机去了。

道士顺嘴问了一句："哦，你们带香火钱了吗?"

它俩又是张口结舌，一个劲地摇头。

"噢，没关系。我们对贫富一视同仁，不一定非求回报。"

年长道士点了几支烛，焚了一炷香，又敲了几下磬和木鱼。

"你们想求什么签？说吧。是问祸福，问官禄，问前程，问婚姻，还是问生死？你们有什么愿望，就直接跟菩萨说吧。"

这里的菩萨刚被油漆彩绘过，颜色十分鲜亮，满屋子油漆味儿。

这期间，有的菩萨因为整夜玩牌睡眠不足，免不了睡意来袭，需要努力撑持；还有一位因天冷打了个喷嚏，鼻涕沾在衣襟上，是小道士爬上去用黄绸子替他擦净了的。

憨罗跪在那里，埋着头虔诚地祷告。它将垃圾场的居民如何淳朴善良，怎样遵纪守法，过着和平安宁的日子，现在突然遭遇北方野狗威吓，眼看就要惨遭屠戮，血流成河如实说来，万望菩萨赐我退敌良策……

小道士端着数码照相机，前后左右"咔嚓咔嚓"照了一气。

憨罗还在虔诚地祷告，求菩萨务必保佑垃圾场全体居民躲过这一劫，自己愿来这里打扫卫生，侍奉菩萨……

当它祷告完毕，抬起头来的时候，已经累得四肢麻木，腰背酸痛了。

道士摇动签筒，甩出一支签来，签上是这样说的：福即祸，祸即福，福不足乐，祸不足哀，福祸顺其自然。

　　憨罗跪在那里，埋着头虔诚地祷告……忽
然，手机彩铃响了，只见那泥菩萨掏出手机来
看了一眼，顿时喜上眉梢……

"可是，可是，这是什么意思呢？"憨罗给弄得满头雾水。

"这意思嘛，这意思嘛……"道士也被问住了。半天，才结结巴巴地解释道，"这意思是说……福和祸都一个样儿，你们不必过于焦虑。"

"可是，我们来这里，是想请菩萨救我们呀！"

于是，道士继续摇动签筒，又甩出一支签来，那上边说：你能自救，上苍方能救你。

"可是，可是……"憨罗越问越糊涂了。

忽然，不知谁的手机彩铃响了，那声音急促而响亮，把大殿里的人都吓了一跳。只见正在接受祷告的那尊泥菩萨掏出手机来看了一眼，顿时喜上眉梢，便用大手遮挡着，压低声音，眉飞色舞地用手机聊起天来。

憨罗还在愣愣地望着，眼睛里充满了期待……

乐兹兹走过来，趴在它耳边说："那签上说了，世上没有救世主。人家正忙哩，咱们走吧！"

二十八 给野狗一点颜色

憨罗从白云山回来，不吃不喝，把自己关在窝里三天。

第四天，它梳洗干净，饱餐一顿，精神抖擞地出现在大家面前。

在别人看来，憨罗真有大将风度。尽管恶战在即，它却照样抡着小尾巴，这儿闻闻，那儿拱拱，跟往常一样悠闲地打发着时光。不同的地方，是它常常到河边光顾那座独木桥，常常跟鼠王乐兹兹在一起嘀嘀咕咕，还察看了所有老鼠的牙齿。

垃圾场的居民，常常背着寨主来找憨罗，不是打探消息就是询问对策。憨罗总是含混不清地"哼哼哼哼"，让人实在摸不着头脑。

眼看着日子一天天迫近……

8月8日到了，这天清晨，憨罗被乐兹兹从梦中叫醒，睡眼惺忪

地来到河边的独木桥头。

它随便叫住一条流浪狗，叫它左右开弓打了自己十数个嘴巴，晃了晃脑袋，然后自己又补了几巴掌，直到完全清醒。

它命令所有水蛇在河里埋伏；命令流浪狗沿河岸巡逻；请乌鸦和喜鹊都站在桥头的枯树上观战；最后，它请大黄寨主端坐在桥头的土岗上，叫四眼狗蹲坐在寨主旁边——它们都按照要求提前洗了个澡，将全身的毛梳理得整整齐齐，坐在那里显得体面多了。

一切安排妥当之后，憨罗转到桥下看了一眼。

许多老鼠正在啃咬那根充当独木桥的木头。几个梯队轮番工作，有的地方啃得只剩下一层壳了。

"怎样了？"

"差不多了！"乐兹兹答道。

"不能再啃了，再啃这桥就塌了！"

随着一声"撤"的命令，老鼠们顿时消失得无影无踪。

安排就绪了，憨罗也蹲到了大黄寨主身边，尽量想把寨主衬托得威风一些。可是，没坚持多久，它就哈欠连天了。

就在它打完第六个哈欠，眼皮沉沉下坠的时候，野狗在河对岸出现了。

先是红狗方队，威风凛凛地跑上河堤，昂首狂吠一阵，分列在独木桥的两边；然后是蓝狗方队，按照同样的程序表演一番，紧

挨着红狗方队站定。然后是绿狗方队、紫狗方队、黄狗方队、白狗方队。

野狗王在六条黑狗的簇拥下最后出场。

垃圾场的居民们哪里见过这种阵势？哪里见过红狗绿狗蓝狗紫狗？那不是天上的神狗吗？

野狗们不厌其烦地显示它们的威力。

它们那训练有素的队伍、威风凛凛的气势，就足以让垃圾场的散兵游勇们心里发虚了。再看看它们壮健的身躯、发达的筋肉和凶残的目光，不要说猫兔蛇鼠之辈，就是端坐在土岗上的大黄寨主，也不由得浑身簌簌地筛糠了。

一条黑狗站立桥头，高声喝问："怎么，你们就是这样欢迎远道而来的君王？你们那个寨主呢？啊？"

大黄寨主有点坐不住了，它想站立起来，显得礼貌一些，被憨罗制止住了。

鼠王乐兹兹穿着燕尾服，一付滑稽的样子，拍着巴掌来到桥头："欢欢欢……欢迎！欢欢欢……欢迎！哦，欢迎！我代表垃圾垃圾场寨寨寨主，欢迎大军路路路路过本地！"

这要算全世界有史以来最最结巴的欢迎辞了。

"就这么欢欢欢欢迎吗？啊？仪仗鼓乐呢？夹道欢欢欢……迎的群众呢？啊？"那黑狗也跟着结巴了，惹得两岸的对阵者全都哈

哈大笑。

"有什么好笑的？啊！"野狗王被气疯了。它在河边蹿来蹿去，暴跳如雷，"各队注意，立即过过过河，给我斩尽杀杀杀……绝，血洗垃垃垃……圾场！"

野狗们一阵狂吠，纷纷朝独木桥狂奔而来。待它们奔到桥中间，忽闻咔嚓一声巨响，独木桥断了，一头插进水里，一头搁在岸上。跑在桥上的野狗，像下饺子似的全被倾倒进水里，除了留下一声声凄惨的号叫，除了漂起一圈圈红、绿、蓝、紫各种颜色，水面上什么也没有了。

此刻，巡游在水中的蛇，追上那些不会游泳，在水里乱扑腾的北方野狗，紧紧地缠住它们，让它们呛水，让它们窒息……

有些侥幸逃脱的野狗，从下游的水面上冒了出来——原来都是些普通的杂毛野狗——气喘吁吁地爬上岸来，马上遭到在岸边巡逻的流浪狗们的合力围剿。它们被咬得落花流水，"嗷嗷"惨叫，纷纷趴在地上或四脚朝天亮出肚皮表示臣服。

野狗王眼看过不了河，再有精兵强将也无济于事，带着它的残兵败将撤退了。临走撂下一句话："先生们，别高兴过头了，留点时间哭吧！"

没想到就这样赢了！没想到这样不费力气便赶走了北方野狗！欢乐的情绪笼罩了垃圾场。无论是流浪狗、流浪猫还是蛇、兔、乌

鸦、老鼠，全都沉浸在绝处逢生的狂喜之中。它们一整天唱呀跳呀吃呀喝呀简直成了不分彼此的兄弟。

　　闹腾到深夜，大家才想起憨罗来，想起这个在垃圾场保卫战中拯救了大家的英雄来。它们到处寻找憨罗，却哪里也找不到它的影子。难道它躲在什么地方睡着了？难道它过度疲劳病倒了？难道……因为大黄寨主没有兑现承诺，没有及时让位，它生气出走了？

二十九 戴面具的东方魔王

直到第三天傍黑，憨罗才满脸倦容，带着它的作战参谋们，风尘仆仆地回到了垃圾场。

大家都迎上去问寒问暖，问它们这些天到哪里去了。

憨罗没有工夫解释，只是简短地向寨主汇报了它们制订的作战方案，叫寨主领着大伙儿赶紧转移到废车场去。它还说，野狗很可能就在今天晚上，从下游的石桥过河来偷袭。

憨罗又累又饿又困，倒在地上呼呼睡着了。

"别吵醒它，让它睡一会儿，这几天它太累了。"乐兹兹心疼地说，"为了防备野狗报复，它领着我们踏遍了垃圾场、废车场的每个角落，又顺着河岸，往上游和下游侦察了很远，最后才确定了作战方案。"

大黄寨主说干就干。它带领着垃圾场的全体居民，抬着酣睡不

醒的憨罗，立即向废车场转移。

大家知道憨罗不怕汽车，汽车都怕它。所以，过马路的时候，它们干脆抬着憨罗站在马路中间，趁司机们惊愕不已时，大队人马迅速穿过了马路。

入夜，无边的黑暗异常恐怖，许多动物疑神疑鬼，有的说它的左眼皮跳，有的说它的右眼皮跳。乌鸦在夜空中飞来飞去，它们投下的影子就把动物们吓得"哇哇"乱叫……只有老鼠们心里不紧张，它们藏在汽车里，它们知道下边会发生什么事情。

乌云翻涌，雷声隆隆，野狗在狗王率领下，从下游的石桥过了河，悄然潜入到垃圾场来。它们到处寻找，找不到一个活物，便循着那些动物留下的气味搜索，一直追到马路边。

"它们全都逃到马路那边去了，追！"野狗王命令道。

野狗们争先恐后朝马路对面冲去，却被飞驰而来的汽车撞得人仰马翻。

"停！停停！"野狗王厉声制止，"看准机会，找空子钻过去，不要硬来！"

于是，野狗们在路边耐心地等待机会，只要汽车间的距离隔得大，就一齐朝前猛冲。可是，它们或因计算失误，或因犹豫不决，往往阴差阳错，不是被吓个半死，就是被撞得粉身碎骨。

野狗们恐惧了。它们躲在路边，看着同伴的尸体，浑身颤抖，

再也鼓不起勇气来了。这可急坏了野狗王，它冲上去又吠又咬，硬逼着它们继续向前冲锋。

野狗们满眼恐惧，可怜巴巴地哀号着，无论怎样挨咬，就是蹲坐在原地不动。

野狗王深陷绝望："完了！"在它看来，丧失勇气比死亡还要可怕！

"老天爷呀，帮帮我吧！"

忽然，野狗王觉得有什么不对：马路上根本就没有汽车，半天没有来车了，嗨！空荡荡的，老天有眼！它急忙站到马路中间，召唤着野狗们跨过了马路，继续循着那股气味搜寻前进。它们钻过铁丝网，进入了废车场。

刚才在马路上遭遇的重创让野狗们心有余悸，这里到处都是那些置人于死地的庞然大物，不知道此刻它们为什么趴在地上不动……万一它们又喊又叫跳起来呢？那可不是闹着玩儿的！

野狗从四面八方包围了废车场，渐渐收紧。等全部到位了，野狗王忽然站了起来："哈哈，都出来吧！垃圾场的女士们、先生们。"

野狗王不愧是野狗王，胆子特大。它敢在一辆大巴车的顶棚上走来走去。

"前几天乐过头了吧？嗯，没关系，今天你们准备哭吧。我给

你们搞一个啼哭大奖赛，好不好啊？"

它假装洗耳倾听，然后自问自答："什么？哭不起来？不可能！一会儿想叫你不哭都不可能！不信咱们试试——喂！先拿那个最小的坏蛋开刀！"

乐兹兹正在那里东张西望，不知道它要拿谁开刀。守候在旁边的野狗一口叼住它，把它扔在地上。很快，五条野狗呈五角形站在它的周围，五张血盆大口龇着牙对准了它。

天空乌云翻滚，雷声隆隆，电光闪闪……

乐兹兹四脚朝天躺在那里，心里十分害怕。它眼巴巴地四处张望，寻找憨罗。

"第一个节目，五狗分尸……"

这下可把乐兹兹吓坏了。它大叫起来："救我！憨罗！快救我！"

这时，一个有电线杆那么高，穿着白色长袍，戴着青面獠牙面具，非人非兽的怪物走了出来。它两眼如炬，口中喷火，大喝一声："慢！"

一道闪电照亮了它，一声炸雷滚过天空，让野狗王着实吃了一惊。

"你是谁……怎么，怎么这副模样？"

"我是东方魔王！个头不大不小，本事不小不大。一顿能吃八

十只老虎……的心、五百只公鸡……的冠、三千条鲤鱼……的须。"

这怪物又喷了两口火，模仿着野狗王的姿势在它眼前蹀来蹀去，"女士们、先生们，我要更换一下大赛内容。咱们不看啼哭比赛了，啼哭不好玩儿。咱们看大笑比赛，怎么样？"它学着野狗王的腔调，"什么？笑不起来？不可能！一会儿想不笑都不可能！不信咱们试试！"

只见它前蹄一挥，忽然废车场里灯光通明，喇叭齐吼；所有能亮的车灯都被点亮！所有能鸣的喇叭都被按响！照得那些野狗睁不开眼睛，震得它们晕头转向。加上凑巧同时响起了炸雷，闪电将那些庞大的汽车身躯，勾勒得如奔跑舞动的魔鬼一般……

许多高大的"魔鬼"，戴着面具，身披白色长袍，口中喷火，在电闪雷鸣中飘来荡去，尖声怪啸……

野狗们给吓坏了，它们不顾一切，落荒而逃。

垃圾场的居民们从各个角落里冲出来，敲着响器，齐声呐喊，乘势追杀，一直把野狗追到河边。眼看着那些不会游泳的野狗在河水里沉浮扑腾，居民们站在河岸上笑得前仰后合……

憨罗摘下面具，望着天边的闪电，轻轻地说："谢谢你，吼龙！"

那些高大的魔鬼也都取下面具，脱去身上的长袍，解开脚上的高跷——原来都是流浪狗们扮演的。

这一招是憨罗在村里的大树下看人踩高跷演面具戏时学来的。

　　虽说是"大笑比赛"，可大伙儿都只顾笑了，没有谁去注意哪一个笑得最美，哪一个笑的时间最长，比赛自然没有产生冠军。

　　大黄寨主关于"谁能退敌，谁来当寨主"的承诺，最后也不了了之。因为事后寨主忘了，憨罗忘了，大伙儿也就不那么较真了。

　　不过，大黄寨主还算有良心，它在垃圾场里举行了隆重的庆功授奖大会。憨罗、乐兹兹和好几条流浪狗都荣获了勋章和奖品。

　　寨主越来越喜欢憨罗了，常说："这小子有大智大勇，没有花花肠子。"它郑重宣布，"免除四眼狗的职务，任命憨罗为垃圾场二寨主。"

　　憨罗看见了四眼狗恼怒的眼神和它摔门离去的情景，心里很难受。它想跟四眼狗说："咱们走吧，离开这里，到大山里去！"

　　可是四眼狗理都不理它。

　　庆功授奖大会之后，是盛大的狂欢晚会。大伙儿载歌载舞，交杯换盏，闹腾了整整一宿……

　　野狗损失惨重。野狗王带着残兵败将，回北方那个小小的靠山屯去了。

三十 猪往前拱

憨罗当了垃圾场二寨主，享有大家羡慕的地位和生活。但它必须时刻想着感念寨主的恩宠。否则，稍有疏忽，寨主就会不高兴。它很敬业，每天从早忙到晚，却看不见自己干了些什么——无非是传达寨主的指示，对付那些流浪动物的明争暗斗，平息各种纠纷，解决各种矛盾；渐渐地，它学会了说官话和套话，学会了做"领导"，到处检查，到处督促，到处应酬；它已经失去了往日那无拘无束的自由心态，失去了追逐理想和迎战挑战的激情，失去了经历磨难后的大欢喜……不知不觉中，它的神情变得慵懒，体态也有些臃肿，它过得并不开心。

最可怕的是，它从大黄寨主身上，已经看见了未来的自己——没有悬念的生活令它感到索然乏味。

以前和它关系不错的动物，现在好像有了一层无形的隔阂，有

四眼狗一天到晚泡在酒里，把自己
灌得醉醺醺的。

的甚至对它敬而远之。尤其是四眼狗的朋友，总用怪怪的眼光看着它，不时甩出几句阴阴怪气的话。四眼狗一天到晚泡在酒里，把自己灌得醉醺醺的。反复念叨着一句话："世上有真……真朋友吗？没，没有！只有落、落井下石的小人！"

怎么会是这样子的？憨罗心里特别难受，它几次跟寨主说，还让四眼狗当二寨主吧，自己想回掘宝队去干活儿。

寨主一听就火了，眼睛瞪得溜圆："是你领导我还是我领导你？啊？"

憨罗真的不知道该怎样帮助四眼狗了。

一有空，它就跑到掘宝队去干活儿，它喜欢干活儿。

它成了大家的义工，谁都可以请它帮忙。它不停地在坑道里拱呀拱，拱得大汗淋漓，拱得精疲力竭，它还在问："有谁要帮忙吗？"

在这里，它找到了那个能干的自己，在这里大家都很喜欢它。

但是，它觉得不开心——它不愿意在寨主的阴影下生活，也不想像寨主那样活一辈子。更主要的是，它不能扔下四眼狗，不能看着它沉向深渊。

憨罗毅然辞了二寨主的职务，决定和乐兹兹、四眼狗一起离开垃圾场，到大山里去，继续实现它们儿时的梦想。

乐兹兹听了这消息，跟得了赴宴会的请柬似的，高兴得手舞足

蹈："我就知道，我就知道，你天生是个流浪汉！"

四眼狗听了这消息，没有说什么。不过，它把酒戒了，每天早早地起来到河边去锻炼，它在为远征做准备。还有，它看憨罗的眼神变了——别人看不出来，只有憨罗能感觉到——像早春的阳光，含着一丝丝温暖。

一个晴朗的清晨，憨罗很早就醒了。它听到一种奇怪的嗡嗡声，像风儿吹过树梢，像河水在山谷奔涌……

原来，是乐兹兹指挥吼歌队在进行最后一次排练。

细听那歌词，还真有点儿意思：

> 日子一天天过，
>
> 烦心的事儿真多！
>
> 有了文凭没工作，
>
> 有了工作没老婆，
>
> 有了老婆没有窝！

这是最近在城里流行的一首叫《倒霉蛋儿》的歌，街上的流浪儿挺爱唱的，乐兹兹它们不知怎么就学会了，还模仿那调侃的腔调，唱得有滋有味儿。

憨罗特喜欢最后那几句：

哪怕囊空如洗,

哪怕道路坎坷,

只要心中有希望,

你就有快乐!

曙光初照,寒霜满地。憨罗伸了个懒腰,凝望了一会儿远山,开始寻寻觅觅,一路朝河边拱去。

它喜欢拱。拱,是它与生俱来的习惯,是它寻食的手段。也许那里边还有阅读、思考和求索的乐趣……只要每天能痛痛快快地拱一气,无论是高兴的事还是烦恼的事,都会被抛到九霄云外。

它想明白了,大山,才是野猪的世界,大山里有它想要的生活。

"只要心中有希望,你就有……快乐!"

它试着吼了一嗓子,自己把自己吓了一跳——嘿嘿,真难听!

它喜欢拱。拱，是它与生俱来的习惯，是它寻食的手段。也许那里边还有阅读、思考和求索的乐趣……

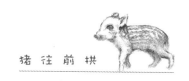

后 记

　　《憨罗王》分三部：《猪往前拱》《天坑动物恩仇录》和《一个动物王朝的覆亡》，分别讲述野猪王憨罗生命历程中各个阶段的故事。

　　《憨罗王》的构思，从一幅油画草图开始——荒漠中的最后一个水坑即将干涸，所有生命也将随之消亡。残阳里，为争夺最后一口水，人和动物在泥浆里进行着一场惊心动魄的搏杀。

　　人类从来不懂得尊重、包容和反省。在历史长河中，当一切都被虚掷，被破坏，被毁灭，最后危及自身生存时，人们并不在意自己所做的一切，并不知道悬崖勒马。相反，即使到了生命的最后一刻，许多人唯一执着的，仍是将争夺和占有的战争庄严地进行到底！

　　后来，不经意间，草图变成了文字。由一个想法展开，设计角

色，敷衍故事，形成了现在的样子——当然，这个过程是呕心的过程：反反复复，涂涂改改，废掉的文字或许在成文的一倍以上。

《憨罗王》写动物世界的事。毋庸讳言，这是在借动物世界的事说人世间的事。我们从动物演义的故事中领悟如何做人，怎样行事，了解世事的规律和道理，懂得国事、天下事沉甸甸的分量……我将一生的感悟，浓缩在这些动物故事和动物形象中，奉献给少年朋友。有些用意和道理，可能暂时不被孩子理解，但接触了便会关注，在以后的成长中慢慢消化，终会有所补益。

为孩子写书，我尝试着适度放宽视野，携手少年朋友们站在更高的山头上，放眼云蒸霞蔚，关注天下兴衰、人类存亡的大事——但愿孩子们拥有一个更加美好的明天。

周林生　2015.12